JN076527

マドンナメイト文庫

美人三姉妹 恥辱の潜入捜査

阿久津 蛍

目次

contents

プロローグ……7
第1章 秘密の調教ルーム……15
第2章 美少女奴隷の媚肉……50
第3章 緊縛された美人捜査官……74
第4章 メイドとナースのダブル開脚……128
第5章 クールビューティの熱い秘唇……179
第6章 姉妹立位同時絶頂……224
第7章 三人の奴隷天使たち……257
エピローグ……280

美人三姉妹　恥辱の潜入捜査

プロローグ

都内某所にある古びた雑居ビルの一室。「Ｏｆｆｉｃｅ Ｈｏｎｅｙ」とだけ記されたドアを開けて、一人の男が入ってきた。

年齢は四十手前だろうか。百八十センチ半ばの高身長に、シックなスーツを纏《まと》った精悍《せいかん》なルックス。

「渋滞のせいで少し遅れた。申し訳ない」

集まった三人の美女たちにきりっと頭を下げる。

「厳《げん》ちゃん、遅〜い」

「だからリモートにしようって言ったのに」

「本当にごめん。でも、ウチのセキュリティが緩いことは君たちもよく知っているだろう」

「もうそれくらいにしなさい、綾奈《あやな》、渚《なぎさ》。ボスを厳ちゃんなんて呼ぶんじゃないの！　許してくださいね。木川田《きかわだ》さん。それに部下に丁寧に頭を下げるエリートなんて警察にはほとんどいないわよ」

「里香《りか》ちゃんにそう言ってもらえると助かるよ。別にエリートじゃないけどね」

ナイスミドル、木川田厳は、十分にエリートだ。全国警察官三十万人の中でもナンバー3～5あたりにいる。『長官官房統括審議官』、警察全体の実質的な司令塔で政府とも調整を取る。三十代でこのポジションを占めるのは史上初のことだ。

ショートカットの美少女、佐倉《さくら》綾奈が十八歳の愛らしい目元にわざと皺を寄せて頷く。

「厳ちゃんなら許す」

はつらつとしたエネルギーの中に、あどけなさと妖艶さが同居する妖精が見せる渋面《じゅうめん》は、キュートの結晶のようだ。

「まあ、いつも高いギャラもらってるしね」

ダークブラウンのセミロング、アイボリーのサマーセーターにラフなデニムを合わせた着こなし。次女の渚が手鏡でメイクをいじりながら続けた。二十五歳の美女は、モデル以上の鮮やかなオーラを放っている。

「あんたたち、いい加減にしなさいよ」

「ご、ごめんなさい」

北欧風の彫りの深い美貌にシリアスなトーンを浮かべて、長女が叱責すると、綾奈と渚はぴしりと居住まいをただし、背筋を伸ばした。どうも眼光鋭い警察庁のエリートよりも、三十二歳の美姉のほうが怖いらしい。

佐倉里香。百七十センチの長身。黒髪ストレートのロングヘアが、白いシャツ、生成《きな》りの麻ジャケットと鮮やかなコントラストを形作っている。ボトムはダークグレーのタイトスカート。凛《りん》とした美貌と抜群のスタイルがまぶしい。精悍と優雅が見事に溶け合ったビーナスだ。

「じゃあ、我らがボス、木川田さん、今回のミッションの説明をお願いします」

クールビューティの長女が告げると、オフィスのムードが一変した。

「今度はどんな悪党が相手？」

百六十八センチで八十八センチのバストを持つ派手なルックスの次女が興味津々でモニターを見つめる。

「や〜ん、楽しみぃ！　巨悪だといいなあ」

身長こそ百六十五センチと姉たちより低いものの、やはり抜群のプロポーションを持つレザーミニの美少女が弾むような声をあげた。

密室にあふれかえるフェロモン。オフィスの中がピンクの霧に包まれている。

「まあ、ボスというより、クライアントと言ってもらったほうがいいかな」

並の男ならデレデレに溶けてしまいそうな霧の中、ナイスミドルは、毅然とした表情で説明を始めた。

そう、厳密には三姉妹は、木川田の部下ではない。彼女たちの存在は公式には認められていないし、その報酬も内閣官房機密費から支払われている。

世の中には、法で裁ききれない悪が存在する。ある種の反社集団、海外からのスパイ組織、宗教の皮をかぶった悪徳商法。

法の外で蠢《うごめ》き栄華を貪《むさぼ》る悪党たちをあぶり出し、ときには直接せん滅する。そのために警察庁を中心に、主要官庁が協力して極秘裏に結成された、組織図には載らない「警察庁長官官房特殊活動室」。コードネーム「ハニーエンジェルス」。それが三姉妹の正体なのだ。

「というわけで、今回みんなのミッションは、この『水瀬《みなせ》化学商事』社長、『水瀬浩《ひろし》』の裏ビジネス、ドラッグ販売の実態を洗い出しその証拠を握ることだ。何か質問は？」

説明を終えた木川田は、精悍な表情を崩さない。

「なんか、これって今までのミッションに比べるとイージーな感じがするけど、うちらが出張るほどのこと？　だって、この前、X国のスパイ垂らし込んでWスパイにさせるのはけっこう大変だったけど、それに比べたら楽勝じゃね？」

けだるそうに次女の渚が首をかしげる。

「いや、こいつは油断ならない。特にドラッグは国を亡ぼす可能性まである。我々官僚がその撲滅に最大限の準備をするのは当然のことだ。だから君たちを投入するんだ」

「ほ〜い」

「今回、何か禁じ手はありますか？　お色気使っちゃいけないとか、ハッキングしちゃいけないとか、制限設けられると面倒なんですけど」

末っ子綾奈がこぼすのも無理はない。天性の才能と木川田の薫陶《くんとう》で、彼女たちは求められるすべての領域でトップクラスにいる。

ハッキング、語学、格闘技、射撃。そして最も得意とするのがその名のとおりハニートラップ、お色気作戦だ。

「ない、君たちの全能力を傾けてくれてけっこうだ」

「よかった〜、お色気封じられると面倒なのよ」

「うちらのお色気に引っかからないのって厳ちゃんくらいじゃないの？」

「まあ、仕事だから、みんながどんなに魅力的でも、そこにはまっちゃクビになっちゃうからね」

苦笑を浮かべる木川田に、長女の里香が救いの手を差し伸べる。

「ミッションは理解しました。それでギャラのほうは？」

「通常の契約料の他にスポットでこれだけの額を考えている」

プロジェクター上の電卓ソフトには、大企業役員の退職金程度の金額が表示された。

「一人当たり？」

「いや、チームとしてだけど？」

「木川田さん。あなたは我が国の安全を預かる立場よね？　責任感ある？」

「当然。それが仕事だ」

「じゃあ、マウス貸して」

マウスを奪い取った里香は平然と「×3」を入力した。

「もちろんノータックス」

「いや、この額はさすがに……」

「じゃあ、やらない。地道な努力が売り物の刑事課でも使えばいいわ」

（すごい、さすが里香ネエ。強欲の極み）

（鬼だね、鬼！）

ひそひそと妹たちは言葉を交わす。

「金がないのは首がないのといっしょよ！　あんたたちは黙ってなさい」

涼しい美貌が一瞬だけ般若《はんにゃ》に変わった。これまで木川田に協力的だった長女が、金の話になると一番タフなネゴシエーターになる。刑事課ではこなせないミッションだから自分たちに依頼が来たことを、里香は見透かしている。

「私たちは、頭も足も使って、身体張ってるのよ。当然の報酬だわ」

「うう……わかったよ。なんとか用意する。しかし、独立したとはいえ、自分でスカウトした教え子たちに足元見られるとは」

「私たちをシークレットエージェントに育ててくれたことには感謝してます」

長女里香は手のひらを合わせて、感謝を示す。

「でも、それとこれとは別のオ・ハ・ナ・シ」

ゆっくりと両手が離れ、両頰の側で手の甲を表に向け、親指と人差し指の先端を合わせた、仏像の手に変わった。悟りを開いたわけではない、『オ・カ・ネ』のサインだ。

超絶美貌が、強欲な笑みを浮かべている。

首をすくめ手のひらを上に向けて降参するナイスミドル木川田。

「じゃあ、イクよ！　ハニーエンジェルス、ミッションスタート！」

長女の号令に合わせて、三つの柔らかいこぶしが桃園の誓いのように重ねられた。

第一章　秘密の調教ルーム

1

水瀬化学商事は、設立から十年も経たない若い商社だ。化学素材を中心に、海外との太く広いネットワークを駆使し、市場を先読みして、メーカーが求める素材を超薄利で迅速に納品するためにあっという間に業界の風雲児となり、今では社員三百名を抱《かか》えるまでになっている。社長の水瀬《みなせ》浩《ひろし》自身が化学の博士号をもち、商品の隅々まで知り尽くしているのも大きな強みだ。

「少しは慣れてきた？　大丈夫、アルバイトだから気楽にやって」

経理課の若手社員・海野美絵《うんのみえ》は、フランクに微笑んだ。

「は、はい。あ、ありがとうございます。が、がんばります」

黒縁眼鏡にイケてないボサボサロングヘア、前髪が眼鏡の上から目を隠すように伸びている。

猫背気味の身体に纏っているのは、だぼだぼのリクルートスーツ。

全身からどよーんとしたムードが漂っている。陰気さとどんくささと気の弱さの融合体がちんまりと事務椅子に座っていた。

警察庁のトップエリートの力なら、佐倉綾奈を偽名でバイトとして水瀬化学商事に潜り込ませることなど造作もなかった。実際に表世界では綾奈は一流大で化学を専攻しており、開学以来の天才とも呼ばれている。

「あの～……海野さん、一つ聞いてもいいですか？」

〝田中《たなか》さん〟はぼそぼそと尋ねた。

「まだいくつか伝票を見ただけですけど、この利益率で、会社、大丈夫なんですか？」

「う～ん、よくわからないけど。でも、問題ないみたい。それどころか、社員はもちろん、あなたのようなアルバイトさんまで、超好待遇。まあ、社長がやり手ってことじゃないの？」

確かに水瀬化学商事の社員待遇は信じられないほど手厚い。給与は業界平均の三倍ほど、ノルマはなし、完全週休二日、九時～五時で残業いっさいなし、リモートもフレックスも自由に選べる。福利厚生も最高レベル、国内各所の保養施設はもちろん、ハワイの高級コンドミニアムも無料。

「まあ、超絶ホワイト企業、いや、もうホワイト超えて透明かもしんない」

海野美絵のコメントは全社の共通認識だった。

「あ、僕もこの前の大口受注を社長に報告したら、『大口だからお客様への感謝で少し利益率を下げてください。社の方針について私の説明不足でした』って頭下げられて困っちゃったよ。変わってるけど、すごい人だよ。若いのに大したもんだ」

通りすがりに口を挟んできたのは、やり手の営業部長、四十代半ばの勝田《かった》だ。社長とは言え、一回り以上も年上の凄腕幹部を心服させるのだから、水瀬浩の実力と人格は本物なのだろう。

「ほら、噂をすれば」

美絵が目を向けた先、事務フロアのドアをあけて噂の社長が登場した。

「みなさんお疲れ様です。いつもありがとうございます！」

元気な挨拶は新入社員のようだ。長身、そこそこ整った顔立ち。平凡な三十二歳のこの男が、業界に旋風を巻き起こす企業の社長だなんて普通は想像できない。

しかも、とことん腰が低い。

「あ、田中綾奈さんですよね。しばらくの間よろしくお願いします。仕事や会社に対する意見や悩みがあれば何でもおっしゃってくださいね」

爽やかな笑顔でバイトの綾奈にまで敬語で頭を下げて、フロアを進む水瀬浩。

全員が笑顔になる。

「はあ〜、すごい人だわあ。女性にもきっと紳士なんだろうなあ」

ため息を吐く海野美絵の横で、〝田中さん〟こと佐倉綾奈は、じと〜っとした視線で社長のことを、暗そうな顔をうつむけ、ダサい眼鏡越しに見つめていた。

2

「社長、お尋ねしたいことがあるのですが、よろしいでしょうか？」

社長室にアルバイトの田中綾奈が入ってきたのは終業時間間近だった。

「ああ、もちろん！　どうぞおかけください」

応接セットを笑顔で指さす。水瀬浩は誰にでも胸襟《きょうきん》を開き、話を聞く度量の大きい経営者だ。それは一週間前に来たばかりの一アルバイトに対しても変わらない。

（なんか、控えめな子だなあ。でも確か理系の才能はすごいんだっけ）

バイトのプロフィールまで、浩は完璧に記憶している。

「単刀直入にお尋ねします。社長は帳簿を改ざんしていませんか？　この利益率で、社員への厚遇をずっと維持することは無理なはずです」

「え、そんなことするわけないでしょう」

「でもバランスシート自体がおかしいんです。この『営業外収入』がこんな金額になるなどありえません。おかげで経常収支が毎年プラスになっている。この中身は何ですか？」

「あ、それは会社のお金を株や債券の資産運用で増やしているから、その収入だね」

浩の背中に冷や汗が走る。

「本当ですか？　隠し事はありませんか？」

「もちろん」

「じつは、こんな帳簿を見つけてしまいました。これ、何ですか？　この帳簿の利益と当社の『営業外収入』がぴったり一致するんですけど」

綾奈がタブレットを突き付けた。浮かんでいるのは収支データである。

それは浩のＰＣだけに保存され、だれも見ることができないはずのデータだった。

超絶ホワイト企業の若きやり手社長、水瀬浩の裏ビジネス、違法ドラッグ販売事業の収支が記されている。

（なんでこの子がこれを？）

冷静沈着な浩が珍しく額に汗を滲ませた。

「な、何だろうなあ？」

「とぼけないでください。私はネットにつながってさえいれば他人の端末に入り込むのなんて朝飯前なんです。これは社長の端末から抜きました」

「ええ？　僕のＰＣにそんなものが？　じゃあ、ちょっと調べてみます。その代わり、待っている間に、田中さんの意見を聞かせてほしいんですが」

（この子はただものではない）

ハッキングではないのかと問い詰めても無駄なことを瞬時に察した浩は、高ＩＱの頭脳をフル回転させた。

「今度、香料メーカーにおろそうと思っている新製品なんですが。化学式はこのペーパーのとおり」

自分のＰＣを開くふりをしながら、分子構造が記されたペーパーを渡す。

受け取った綾奈は怪訝《けげん》そうな表情で式をチェックする。いかにも暗くて地味なリケジョの典型だ。

「試料がこれです。どうかな、この香りって女性受けしそう？　田中さんは化学専攻ですごく優秀だと聞いています。意見をもらえると助かります」

デスクの中から取り出した小瓶を、浩は綾奈に手渡して軽く嗅ぐように促《うなが》した。

「うん……ちょっと甘めのラベンダーっぽい……でもこの分子式とは……」

違うみたいと言いたかったのだろうが、気化した睡眠剤を吸い込んだ〝田中さん〟はくたっとソファの上に倒れ込んでいた。

（ごめんよ。このデータを見られたからには、じっくりアジトで話を聞かせてもらわないと）

浩は申し訳そうな、でも少し冷酷な表情を浮かべた。

3

「だから、このブツは中毒性もないし、身体にもダメージを与えない。酒やタバコよりはるかに無害なんだ。ただ、効いてる間は、幸せな気持ちになれる、それだけのものさ」

秘密アジトのボスルーム。

テーブルの上に置かれているのは、数粒の白い錠剤。

「そんなの信じられない。表の顔はホワイトかもしれないけど、裏では違法ドラッグで暴利を貪っている。それがあなたの本当の姿ね！」

地味なリケジョ、〝田中さん〟はびしっとこちらに指を指した。

水瀬浩は裏稼業「ハッピーアワー」のアジトで、表稼業のバイト学生と対峙していた。

「まあ、成分がたまたま大麻に似ているから、合法ではないけれども……。これがあれば、うつ状態から抜け出せる人もたくさんいるはずなんだ。『ハッピーアワー』で世界を変えたい。それが夢だ」

ブツの名前と事業所名が同じところに一途《いちず》な思いが滲んでいる。

「価格も極力抑えている。なんとか合法化して社会貢献したい」

浩は壁に掲げた額を指さした。

『売り手良し、買い手良し、世間良し』

「あれって、会社の壁にも張ってある、社訓じゃない」

いわゆる近江《おうみ》商人の家訓だ。ＳＤＧｓだの企業の社会的責任だの欧米企業が最近になって唱えはじめたことを、日本の商人たちは、江戸時代から当然のこととして暖簾《のれん》にしみ込ませてきた。

「そう、表だろうが裏だろうが理念は同じさ。それより君はいったい何者なんだ？」

彼女は浩の裏ビジネスをあっという間に暴いてみせた。そう簡単に解放するわけにはいかない。

「そんなこと言うわけがないでしょう！」

「どこからうちの会社に潜り込んだ？」

「それも秘密。まあ、あそこで睡眠剤をかがされるところまでは想定内。おかげでアジトを探る手間が省けて助かったわ。」

「そ、そんなことまで……。わからない。だって、こんな地味で、悪いけどパッとしない女の子がウチの裏ビジネスを突き止めるなんて、どう考えても」

おかしいと続けようとしたところを、イケてないアルバイトが遮《さえぎ》った。

「地味い!?　ぱっとしない!?　どういうこと!?　これでもそう言える!?」

彼女は眼鏡とロングのウィッグを一気にはずし、ぶかぶかのジャケットを脱ぎ捨てるとすっくと立ち上がった。

「え、えぇ？」

浩はわが目を疑った。現れたのはショートカットの超美少女。大きな木の実のような瞳、つんと上を向いた鼻梁、そしてきりっとしまった唇。しかも猫背をピンと伸ばすと、白いシャツを十分すぎるほどに豊かなバストが持ち上げている。

若々しく、あでやかな妖精が挑発的な微笑を浮かべた。

「えぇえ？　いったいどういうこと……ですか？」

この状況でも、敏腕社長は腰が低い。

「あなたの悪事を暴きにきたシークレットエージェント、それが私、田中綾奈様よ」

瞳を輝かせて胸を張る姿が凛としてまぶしい。

「でね、罪が軽くなるようにしてあげるから、製造方法から、販売ルート、顧客リストまで全部教えて。オ・ネ・ガ・イ」

美少女はシャツのボタンを三つまではずして、浩の首に両腕を絡みつけてきた。

（こ、これは……）

十八歳の青く爽やかなフェロモンが、大きく開いた胸元から立ち昇ってくる。

猫背でジト目、暗い表情を浮かべていた地味な女の子が、一瞬にして若いエロスを横溢《おういつ》させる愛らしい妖精に変わった。

「ね、世の中の役に立つものかもしれないけど、違法は違法。ちゃんと教えてくれれば、いいこともしてあげる。どう？」

愛らしく小首を傾《かし》げた清純な美貌。だが、首から離れた右手は、浩の腿の内側をさかのぼり、股間を柔らかく包んでいた。甘い吐息が浩の喉のあたりにかかる。

（こ、これがハニートラップってやつか？）

「少しはその気になってきた？」

股間にあてた手が、柔らかく局部を揉んでくる。

くるくるとよく動く猫のような眼で見つめられると、下半身から溶けてしまいそうだ。

「ちょっと待って、ちゃんと説明を。ルートやリストを出すとお客様にも従業員にも迷惑が……」

そう、浩は裏稼業でもあくまで、まじめでカスタマーファーストなのだ。

「あら？　あなたって、悪事に手を染めているわりに、意外といい人なのね？」

頭の中でカチーンという音がして、その瞬間、それまでは気弱そうで穏やかだった浩の表情が豹変した。

「今、なんて言った？」

「意外といい人って……」

股間を揉む手をとめ、綾奈はきょとんとした表情をしている。

（僕に向かって、言っちゃいけない言葉を……）

虎の尾を踏んでしまったことを美少女はまだ気づいていない。

オスの衝動が爆発しそうになるのを懸命に抑えながら、浩は静かに告げた。

「わかった。じゃあ、場所を変えてすべて話そう。その代わり代償は払ってもらうぜ」

ワルを気取った言葉、微笑に初めて本当の冷酷さが浮かんでいた。

4

その部屋の存在は、浩以外に誰も知らない。

水瀬化学商事からも、ハッピーアワーからも離れた、ビルの地下一階に綾奈は目隠しをしたまま、車で運ばれた。

「こ、この部屋は……」

百平米はあるだろう空調の効いた清潔な部屋。ダイニングセットやソファ、にＡＶセット。豪華な食器類。区切られた部屋にはトイレと浴室。普通の豪華なマンションだ。

ただし、異様な点がいくつか。壁にかけられたロープの束、キャビネットには、ディルドやローター、クリトリス吸引機、首輪などアダルトショップ並みの淫具がこれでもかと言うほどに揃えられている。そして天井からは長く延びた鈍い銀色の鎖。手首と足首を同時にホールドする拘束具などなど。

「な、なに？　この部屋、異常だわ」

キラキラとしたショートカットの美貌に不安の影が差す。

「君がどこから来た何者なのか？　全部吐いてもらおう」

「え、だって……さっきまであんなにいい人だったのに、いったいここで何を……」

浩の優しい目が凶悪さを湛《たた》えていた。

「許さない。美女スパイに性拷問はつきものだよな。それくらいの覚悟はできているだろう？」

人格が変わっている。

「僕をいい人と呼んだ、その報いは受けてもらうぜ」

「え？　そこ？」

ぽかんとした綾奈の隙をついて、浩はキャビネットに置かれた手錠を取るとあっというまに美少女を後ろ手に拘束してしまった。

「ど、どういうこと？」

「いい人なんかじゃない。美しい女を拘束して責めさいなみ、狂わせて服従させる。それが、僕の本当の姿だ。君は最高の獲物だよ」

AVのようなセリフを吐きながらも、浩は内心ドキドキしていた。

金にあかせてこの部屋で調教ルームを造ったのは、確かに自分の性的嗜好を満たすためだ。だが、実際にこの部屋で調教したのは、いわゆるプロのM嬢ばかりだ。長時間コースを頼むと、休憩したいだの、TVが見たいだの、風呂に入りたいだの、いろんな要求が出てくる。いちいちそれに応えているうちに、高級なリビングと調教ルームが合体した奇妙な部屋ができ上がっていた。

嗜虐癖が強いくせに、いざとなると気が弱く腰が低いS、それが水瀬浩だ。

「い、いったい私をどうするつもり」

ピチピチのボディ、あどけなさをわずかに残した、愛らしい美貌が怯えた表情を浮かべる。そこにかすかな期待感が浮かんでいること、そして本気になれば手錠をかけられる前に相手を簡単に組み伏せる実力をもっていることを見抜くのは浩には無理だった。

「君は僕の秘密を暴こうとしている、そして、言ってはいけない言葉を口にした。答えは一つ、僕に絶対に逆らえない奴隷に堕ちてもらうだけさ。田中さん、いや、綾奈」

手錠をちょうど腰の位置で壁につけられたフックにかけると、ヒロインは拘束されて、グラマラスなバストを突き出すかたちになった。

「こ、これじゃ動けないわ。いやん、はずして」

生贄は身体をくねらせるが、手錠もフックもびくともしない。

浩はゆっくりと顔を相手の美貌に近づけると、胸の谷間から立ち昇ってくる若いエロスを思いきり吸い込んだ。青く濃厚な香りが嗜虐心を掻き立てる。

「この可愛いさをよく隠していたものだ。でもそれもここまでだな」

愛らしい耳朶にキスを注ぎ、耳穴をくすぐるように舌を入れる。

「ああっ……はああんっ」

とても十八歳とは思えない、濃厚な甘声が唇からこぼれ出して、胸元からのフェロモンとまじり合う。

「なんだ、耳が弱いのか?」

「そ、そんなわけ……」

ないでしょう、の言葉は耳たぶへの甘嚙みで封じ込められ、全身の痙攣に変化した。

あらためて距離をとり、美少女の全身を見つめる。

(これは、現実なのか?)

目の前で拘束されているのは、十八歳の、わずかにあどけなさを残した極上の美女。

身長百六十センチ代半ばの肢体は、小顔のせいかモデルのようにも見える。

短髪の黒髪に、くりくりとした大きな目、すらりとした鼻梁、そして気の強さを示すような薄い唇。シンプルな白シャツと、リクルート用のタイトスーツが、後ろ手に拘束されて、全身をくねらせている姿は被虐美の結晶だ。

「お願い、ひどいことしないでぇ」

語尾の小さな「ぇ」に滲んだニュアンスをキャッチできないほどに興奮している。

シャツのボタンを一つずつはずしていくたびに、甘い香りが豊かな胸元から立ち昇ってくる。

「いやん、やめて」

拘束されたまま身体をくねらせるために、シャツが肩口を滑り落ちて、淡い桃色のブラが完全に露出した。

「もともと誘ったのはそっちじゃないか。どんなに泣きわめいても助けは来ない。ここでじりじりと嬲られて狂っていくんだよ」

スカートからシャツの裾を引き抜き、書棚に置かれた銀の鋏《はさみ》でシャツ生地を切り裂くと、上半身が下着だけになった妖精が羞恥に身もだえする。

(すごい眺めだ)

大ぶりのバストを包んでいるのはハーフカップの下着だけ。ものすごいフェロモンが噴出している。

「これも、はずしてやろうな」

嬲るように指先でブラジャーの縁をなぞった浩は、フロントホックを器用にクリックした。空気を切り裂く音さえ立ててこぼれ出る、若く、ボリュームのある双丘。その頂点に息づくピンクの蕾はすでに硬くとがっている。

「おいおい、感じてるのか？　可愛いエージェントさん」

「そ……そんなわけ、ないでしょう。こんなことされて感じてるなんて」

「じゃあ、なぜここがこんなに尖ってる？」

両手の中指で、二つの蕾を同時に弾く。

「ああんっ！　そんなの……ずるい」

非難する声が甘みを帯びている。

これまで何人もの真正M嬢を、同じように嬲ってきたが、この段階でここまで乳首を勃《た》てて甘鳴きする牝はいなかった。

（この子は、もしかして……）

「もう……これ以上は……恥ずかしいわ」

上目遣いでこちらを見つめる大きな瞳にはうっすらと涙が滲む。

美少女が拘束され涙目で、抜群のプロポーションをくねらせている。しかもこれはプロを相手にした「プレイ」ではなく「リアル」なのだ。

浩の嗜虐スイッチがオンになったことを、ズボンの前のふくらみが示していた。

「まだまだ、これからもっと恥ずかしい目にあってもらうからな」

リアルでAVのようなセリフを吐く。

「こんどは、下だな」

ダークグレーのリクルートスーツは、ウエストホックをはずしてファスナーを下げると、あっけなく床に落ちた。

「いやあん、見ないで」

哀し気に、でも少し甘えるように懇願してくる生贄《いけにえ》の美少女。

「す、すごい……」

現れたのは長く美しいレッグライン。薄桃のショーツを、ベージュのストッキングが覆っている。

パンと張り出したヒップから、ピチピチの太腿、そして愛らしい膝から、カモシカのようなふくらはぎ、キュッとくびれた足首まで、非の打ち所がない極上の美脚だ。

「さっきのお礼だ」

太腿を手のひらで味わうように、ゆっくりと撫でさする。ストッキングの下で張りつめている若肉の感触がたまらない。

「あんっ……いやあっ……触らないで」

浩の手のひらが内腿に入り込むと、生贄の妖精は両脚を懸命に閉じ合わせたが、逆に嗜虐者の手を甘く痺れさせるだけだった。

強引に太腿に挟まれた手のひらを上へと滑らせていくと、親指が美脚の中心にたどり着いた。

「おい、もしかしてこれは？」

浩の親指が感じたのは、異常なほどの熱さだ。しかもどこか湿り気を帯びている。

「ち、違うわっ！　か、感じてなんかいない……」

ショートボブが左右に揺れて、くっきりとした生意気そうな美貌が困惑と羞恥に赤く染まっていた。

「なんだ、自分から白状してるじゃないか？　僕は、感じてるなんて一言も言ってないよ」

「あ、それは……卑怯よ！」

動揺が一層羞恥を掻き立てたのだろうか、美少女はうなだれていやいやをする。

「じゃあ、確かめさせてもらおう」

浩は芝居がかったニヒルな微笑を浮かべた。自分が本当のワルになった気がする。

シャツを切り刻んだ鋏をもう一度手にすると、今度は若肌にぴったりと貼り付いたパンティストッキングに刃を当てる。繊維を切り裂く音とともに、白くピチピチした肌が直接空気に触れていく。

「ほう……こ、これは……」

目の前には極上の眺めがあった。

愛らしさと若いお色気を滲ませた十八歳の女子大生ビーナスが、拘束されて全身から青いフェロモンをあふれさせている。

くりくりとした大きな瞳が印象的なアイドルのような美貌。身に着けているのは、薄桃色のビキニパンティと、ローヒールのパンプスだけ。抜群のスタイル。そしてボリュームのあるバストの頂点では、ピンクの蕾が硬い勃起を示しているのだ。

「ああっ……いやあん、恥ずかしい」

生贄の妖精があげる悲鳴が嗜虐心をビンビンに刺激する。

「じゃあ、確かめさせてもらうぜ」

膝から太腿を遡行《そこう》するようになぞった指先が、ゴールにたどり着いた。

「ああっ……やあんっ」

生意気な妖精の全身が弓のように反り返る。

指先はその湿り気をはっきりと感じていた。いや、湿り気といったレベルではない。明らかに若い甘蜜が薄桃のショーツを濡らしている。

「ほら、濡れてるじゃないか」

紅潮した頬を濡れた指でなぞってやると、愛らしい妖精は懸命に抵抗する。

「そ、そんなこと……」

短髪をつかんで顔を上げさせ、大きな瞳を正面から覗き込む。

「濡れているよな？」

美少女は羞恥に身悶えしながら小さく頷《うなず》いた。

（やはり、この子は……）

仮説の天秤が大きく傾く。あとはカミングアウトさせるだけだ。

「拘束されて、下着一枚にされているんだ。普通なら恐怖や屈辱、怒りが湧いてくるんじゃないのか？　それなのにどうして濡れている？」

問い詰めただけで股間はもうビンビンになっている。

「そ、そんなの……わからない」

すでにその声は甘く溶けていた。

「本当は自分でもわかってるんじゃないのか？」

「ああっ……わからないの」

うなだれて唇を噛む愛らしいシークレットエージェント。

「まだ、プライドが邪魔をしているようだね。原因はこれか？」

最後に残ったショーツに手をかける。

「ああん、それは……それだけは……だって、全部見えちゃう！」

甘い抗議もあえなく最後の薄布までもが、悪魔の銀刃の餌食《えじき》となった。

秘部を覆う薄桃のコットンが、細かい布片としてはなびらのように散っていく。

「あーあ、こんなになってるじゃないか」

浩が拾い上げて綾奈に見せつけたのは、クロッチ部分の残骸。そこには見た目にも明らかな華蜜がねっとりと染みついていた。

「いやああ、そんなの見せないでぇ」

「でも濡れているよね」

「そ、そんなことないもん」

「『事実はすべてに優先する』。君も、科学に携《たずさ》わる者なら叩き込まれているはずだ」

もう一度、美しい双眸《そうぼう》に、淫布を突きつける。

「これが、事実。つまり、君は拘束されて服を脱がされただけで、興奮して濡れてしまうスケベな女だってことさ」

「ち、違う……これは……この染みは……」

抗議はそこで止まった。淫らな事実が、十八歳のプライドに優先したのだ。

「認めないのなら、認められるようにしてやろう」

ふだんは穏やかな浩の顔に浮かんだ冷笑は、本物だ。ゾーンに入ってしまった。もう自分ではコントロールできない嗜虐の悪魔になっている。

悪魔が取り出してきたのは、幾本かの縄とピンクローターだ。

「いや……何をするの？　怖い」

愛らしい美貌から、シークレットエージェントだと見得を切った得意げな表情は消え、不安と恐怖が滲み出す。そのさらに奥に甘い期待が込められていることに浩は気づいていない。

「あっ……そんなふうにしたら」

後ろ手に拘束された上半身に、浩は器用に胸縄をかける。麻縄に挟まれて八十三センチの形よいバストが絞り出され、頂点ではピンクの蕾がつんと上を向いている。

「あっ、いやあん！　は、恥ずかしい……」

眼前では、ピチピチのスタイルを縛り上げられた全裸の妖精が身体をくねらせている。

百六十五、八十三、五十八、八十五の弾けるような身体。その中心には、小判形のあえやかな叢《くさむら》の下にぷっくりと膨らんだ華が恥ずかしげに顔を覗かせている。

（たまらない眺めだ）

その辺のアイドルなど足元にも及ばない美少女が、全身からピンクのフェロモンを放ちながら、涙目でこちらを見つめている。

「ここは、どうかな？」

胸縄に二つのローターの操作部を挟み込み、ちょうどバストトップに振動部が当たるようにセットする。

「ほら、スイッチを入れると、どうなる」

モーター音とともに小さな卵型の凶器が蠢《うごめ》き、敏感な突起を嬲りはじめる。

「あううんっ！　だ、だめえ……こんなの……ひどい」

十八歳のビーナスは、がくがくと身体を痙攣させて反応する。

髪が揺れるたびに、清潔なシャンプーの香りが調教ルームに満ちていく。その香りは、綾奈を眠らせたあのラベンダーの香りに少し似ていた。

「感じやすいんだねえ……」

「かっ感じてなんかっ……はううっ」

ローターのスイッチを強にすると、否定の言葉が溶け去った。

「さて、いよいよ……」

浩は妖精の美脚の前に胡坐《あぐら》をかいて、花弁に顔を近づける。

「あれ？　なんだこの匂いは？」

「いやあっ、恥ずかしいから、そんなの嗅がないで」

「田中さん、いや綾奈と呼んだほうがいいか。僕も化学者の端くれで、今、ある仮説を持っている。そうするとそれを確かめずにいられないのが性《さが》でね」

「ど、どういうこと？」

「まあ、もう一つ、こいつで確かめさせてもらうよ」

浩が手にした三つ目のローターが妖しい唸りをあげながら、ゆっくりと外花弁に押し当てられる。

「あひいっ……」

甲高《かんだか》い声とともに、生贄は大きく反り返った。

「いい声だ」

外花弁をゆっくりと一周したところで、浩は指先でそれを大きく割り拡げた。

「いやっ、いやあっ……ああんっ……中まで……見えちゃう」

乳首への刺激に悶えながらも羞恥の悲鳴をあげる愛らしい妖精。

嗜虐者の目の前に、鮮やかでいじらしいピンクの湿肉が広がる。

「おいおい、もうこんなに濡れぬれじゃないか」

指先が淫らな若い粘膜をなぞると、花蜜が絡みつき、二本の指を拡げると粘り気のある蜜の橋がかかった。

「ほら」

綾奈の眼前にその指先を突きつける。

「スケべな子だねえ」

あざ笑う表情に、腰の低いやり手経営者の面影はない。冷酷なサディストがいるだけだ。

「いやあんっ！　そんなの見せないで」

悲鳴を無視するように、綾奈に見せつけながら、その指をねっとりとしゃぶる。

「き、汚いから……そんなことしないで……恥ずかしい……」

「なんていやらしい味だ。これはあとで成分分析をしなくては」

からかわれることで、美少女の愛らしい美貌がさらなる羞恥に赤く染まっていく。

「さあ、本番だ」

そう告げた浩は十八歳の粘膜、蜜壺の中にローターを埋め込んでいく。

「落とすんじゃないぞ」

「あひいいっ……」

悲鳴とは裏腹に、秘園は貪欲《どんよく》に凶器を呑み込んだ。

「あふうっ……あんっ！」

振動音が蜜壺の中に呑み込まれて小さくなる。音の小ささは、凶器が奥へと入り込み暴れまくっている証《あかし》だ。

「どうだ？　気持ちいいだろう？」

「こ、こんなことするなんて……ヘンタイ！」

「そのヘンタイに嬲られて感じている君はどうなんだ？」

「か、感じてなんか……いな……あううっ！　はあん」

浩がローターのスイッチを強に切り替えただけで、抗議の語尾は甘く溶けた。

「あんっ……だめえ」

両乳首と秘園の奥に配置された凶器が淫らな三重奏を奏でている。

「さて、最後はここだ」

四つ目のローターを取り出した淫鬼は、内花弁の上にある小さな愛の芽に小さく息を吹きかけた。

「くううんっ……」

三つの凶器のせいでもう感度が極限近くまで高まっているのだろう。妖精は甲高い声をあげる。

「触ってもないのに声をあげて、綾奈の本性が見えてきたね」

「ほ、本性って……」

美貌にどこかはっとしたような影が差す。

「さて、じゃあ、こいつで」

スイッチが弱のまま、最後の凶器が美少女の愛芽に軽くタッチした。

「あっ、あひいいいいっ！」

全身が痙攣し、あどけなさを残した生意気フェイスが左右に振られる。

「いやあんっ！」

「ほらほら、中のも落とすんじゃないよ」

嘲《あざけ》るように言った浩は、蜜壺とクリトリス、そして両乳首、にあてた四つの凶器のスイッチを器用に操り強弱の変化をつける。

「はあんっ……あひいいっ……」

そのたびに生贄の悲鳴もオクターブを上下させて、調教ルームを淫らに満たしていく。

スイッチを細かく操り、美しい悲鳴を自在に変化させる浩は、淫らなクラブＤＪのようだ。

「あんっ！　やんっ！　あひいっ……くううんっ……」

生贄の歌姫は操られるがままに、妖艶な悲鳴のラップを紡いでいく。

いつのまにかローターを秘めた蜜園からは、とめどなくジュースが溢れ出し、引き締まった太腿を伝い落ちている。

「いやああっ……こんなの続けられたら……もう、イッちゃいそう!」

「イキそうかい?」

無言で何度も頷く綾奈。ひくひくと内腿が震え、限界がそこに迫っていることを告げている。

「ああっ、イクッ……イクッ……イッ……え?」

可憐な妖精が絶頂に昇りつめようとした瞬間、すべてのスイッチがオフになり、エクスタシーはお預けを食らった。

「まだ、イッてもらっちゃ困る。君の本当の姿を告白するまではね」

「はあ、はあ……そんなの……あうっ、あひいっ」

絶頂の寸前から落とされて、妖精が一息つこうとした瞬間に再び凶器が唸りはじめた。

「いやっ……また、こんなふうに……」

均整の取れたプロポーションが、再び淫らな驟雨《しゅうう》に晒されてヒクヒクと震える。

「あんっ！　いやあんっ！」

悲鳴が続くこと十数秒。若い身体は感度が高いようだ。

「イクッ……イクッ……イキたいの……イクッイクッイッ」

再びすべてのスイッチがオフになる。

「いやあん。どうして……」

どうしてイカせてくれないのかと、半ば甘えるような抗議だ。美少女は全身に汗を滲ませ、秘園をぐしょぐしょにして、しなやかな裸身をくねらせた。

「君が本当の姿を白状するまで何度でも続けよう」

数秒の休止符のあと、再びモーター群が淫音を響かせる。

「あひいっ……いやああっ」

くねる伸びやかな身体、大きな瞳には涙さえ滲みはじめた。

「いいっ、イクウッ……」

絶頂の寸前で、悪魔の淫具たちは唐突に唸りを止める。

山頂まで巨石を押し上げては、頂点寸前で転がり落ちた石を再び押し上げる。シシユフォスの神話にも似た甘美な苦役《くえき》。

「言ったでしょう。あなたの悪事を暴きに来たシークレットエージェントだって」

肩で息をしながら訴える可憐なビーナスの頬はもう涙でぐしょぐしょに濡れている。

「そんなことはどうでもいい。アジトまでは眠っていたし、ここにも目隠しで来た。君が得たのは今のところブツが無害だという情報だけだ。製法も、販路も、顧客リストも証拠は何一つつかんでいない」

確かにそのとおりだ。実質的に、何の尻尾もつかまれていないに等しい。たとえ警察が水瀬化学商事に踏み込んでも裏帳簿を削除してシラを切りとおせばいい。

「だったら……いったい何を……」

「綾奈、君は本当はマゾだろう」

美少女の大きな瞳に、はっとしたような色が浮かんだ。

「そ……そんな……わけがない……でしょう」

否定の言葉がどこか弱々しい。

「正直になれよ」

再び一分ほどの振動が、青い肉体を責めさいなむ。そして絶頂直前での停止。

「はああんっ……もう許して……狂っちゃう……」

「この手錠にはこれまで何十人もの女がつながれ、こうやって責められてきた。でも君だけだよ。手錠につながれただけで目を潤ませたのは。普通は恐怖におびえるものだがね」

「そ、そんな……」

そう、あのとき確かに美少女の大きな瞳は潤みはじめていた。そしてさらけ出した乳首はビンビンに尖っていた。浩の中で仮説が生まれた瞬間だ。

「しかも、こんなひどいことをされているのに、抗議もせず、むしろ甘い声さえあげてるじゃないか」

「違うっ！　違い、ます」

わずかに残された自陣を守り抜こうと抵抗を試みる綾奈の語尾はいつのまにか敬語になっている。

「どう違う？」

「それは……それは……わからないいっ……でも、もうイキたい。イキたいんです」

拘束された身体を蕩けさせ、大粒の涙を浮かべて美少女が懇願するさまは、ぞっとするほど美しい。

「ちゃんと認めれば、イカせてやるよ」

再び入れられるスイッチに悲鳴があがる。

「くううっんん！　もう許してください　いじめないでえ」

「じゃあ、ちゃんと認めてごらん」

支配者は綾奈の耳に何事かを囁《ささや》いた。

「そんな恥ずかしいこと言えないっ！」

そのとたん切られるスイッチ。甘い地獄は無限に続いていく。

「いやあ……言います。認めますからぁ」

「言えなかったらまた、元どおりだぞ。お前が狂うまで繰り返してやる」

美少女スパイの大きな瞳が諦観と服従の色に染まった瞬間、もう一度振動が襲う。

「ああっ……いいっ……私は……綾奈はいじめられて……あひいっ……感じてしまう……あんっ……変態マゾ娘です……いやあんっ……これからは水瀬さんの奴隷として、あはんっ……一生懸命ご奉仕します」

その表情は羞恥と屈辱ではなく、陶酔を浮かべていた。淫具の音とともに甘い降伏の言葉は続く。

「だから……綾奈の……ドスケベマ○コを……いっぱい、イカせてください」

「本当だな」

ショートカットをつかんで美貌を上げさせる。

「本当です。ご、ご主人様……」

強要もしていない言葉が自然にこぼれ出たことが、完全屈服の証だった。

「あああっ……いいっ……すごいい」

「もう意地悪しないから、思いきりイッていいよ」

残酷な淫鬼はやさしく生贄の頭を撫でた。

「あぁっ……ありがとうございます……いいいっ……イクッイクッイクッイックイクイッちゃううう！　イッぐうううううっ！」

腰を前後に振り、四か所に与えられる刺激をすべて貪るように、十八歳の全身が痙攣のあと静止した。

「ご主人様に……私がMなの……見抜かれちゃった」

唇から涎をたらして脱力し、そう呟《つぶや》く愛らしい美貌には、どこか幸福そうなアルカイックスマイルが浮かんでいた。

第二章　美少女奴隷の媚肉

1

「あむうっ……んんっ…くちゅ」

例の超豪華調教ルーム。ドラッグキング・水瀬浩は、美少女奴隷の濃厚な奉仕を受けていた。鼻先で極限まで勃起した逞しいそれをなぞったかと思うと、亀頭の周りにねっとりと舌を這わせる。そしてシャフト全体を喉奥まで呑み込むディープスロートとともに柔らかい舌先をビブラートさせて男の神経を痺れさせる。

「あ、綾奈……こんなテクニックを……いったいどこで……」

「ひ・み・つです。だって綾奈はシークレットエージェントだもん！」

美少女スパイはからかうようにはぐらかした。

奴隷堕ちを誓ってからもう三日が経っている。

「おおお……す、すごい……これで十八歳だなんて」

美少女奴隷のテクニックはこれまで浩が交わったどんな女性とも比べ物にならなかった。

舐める、しゃぶる、吸い上げる、強弱とタイミング。そしてそのターゲットは、先端から裏筋、陰嚢、ときに舌先は菊穴にまで及ぶ。

無限とも思える組み合わせ。浩の感じ方を見て常にベストの選択を繰り出す甘いグルーブは、ジャズのレジェンドたちのアドリブのようだ。

「ご主人様のオチ×ポ、すごく美味しいの」

両腕は背中で縛られ、胸縄が双丘を強調している。

ノーハンドでシャフトをねっとりと舐め上がりながら、こちらを見上げて甘える表情は、正義のエージェントでも何でもなく、むき出しのM奴隷だ。

「うおお……たまらないよ」

「ここがいいでしょう？　透明な液が染み出しているもん」

鈴口を舌先でくすぐりながら、先走りの汁をすすり上げる。潤んだ大きな瞳、こぼれ出すねっとりとした甘い息。自分のことをご主人様と呼び、献身的な奉仕を注いでいるのはピチピチの十八歳。そのへんのアイドルなど裸足で逃げ出すほどの美少女だ。

「あんっ……咥えてご奉仕してもいいですか？」

ショートカットの天使は小首を傾《かし》げて、無邪気に尋ねてくる。

（なんでこうなっているんだろう？）

天使が繰り出す悪魔的な技巧に酔いながら、浩は考える。

最初は誰かの紹介でやってきた垢ぬけないバイトだったはずだ。それがなぜか自分の裏ビジネスを暴き、証拠を出せと迫った。徹底的に隠している裏の顔が見抜かれただけでも驚きなのに、変装を取ると見たこともない美少女に変わった。

「うむっ……ぬううっ……くちゅ……ああん、縛られてご奉仕していると、綾奈のオマ×コ、ぐちょぐちょになっちゃいます」

そして、そのさらに奥には、Mっ気たっぷりの従順なメス奴隷が潜んでいた。

幼虫から蛹《さなぎ》へ、そして羽化すると華やかに美しく羽ばたくアゲハ蝶のようなメタモルフォーゼ。

「おおっ……すごいよ……綾奈ちゃん」

「いやんっ……奴隷なんだから呼び捨てにしてください」

「だって……なんだか悪くて……」

本来は気弱で腰の低い男だ。

「もう……ご主人様ってほんとに優しくて、いい人なんだから」

美少女奴隷は、またしても禁句を口にしてしまった。もしかするとあえてその言葉を選び、屈辱を与えられる快感を得ようとしているのかもしれない。

スイッチオン。

ふだんは懐《ふところ》の深い男が、その言葉を言われた瞬間、心の器がおちょこになってしまう。

「奴隷ごときが、生意気に俺様のものをしゃぶってるんじゃねえ！」

「ご、ごめんなさい……」

はっとしたように怯える綾奈だが、そこにはどこか「計算どおり」のニュアンスが漂っている。

「ちゃんと、俺の汚い足先から丁寧に舐めろ。上手《じょうず》にできたら、チ×ポをやるよ」

「は、はい……」

美少女奴隷は、支配者の足元に跪《ひざまず》くと、床に届くまで美貌を下げて、その足指にキスを注ぐ。

「誰がキスしろと言った。ちゃんと舐めてしゃぶれ」

「ああん、ごめんなさい」

今度は舌を伸ばして、足指を舐めはじめる。すべての指に一本ずつ丁寧にピンクのビロードを這わせるばかりか、足指の間の汚れまで清めるようにねっとりと舌を絡める。

「あ……はあ、美味しいです。ご主人様の足」

「ほら、足の裏もだ」

優しい支配者は、奴隷が奉仕しやすいように足裏を床に立ててやる。足首を曲げたこのポーズを取りつづけるのは、ふくらはぎにけっこうな負担がかかるのだが、可愛い奴隷のためなら仕方がない。

「はい」

愛らしい奴隷は大きな瞳を潤ませたまま、舌腹全部を使って両方の足裏を交互に清めていく。

美少女が、全裸で縛られて足裏に奉仕している。嗜虐癖のある男にとってはたまらない時間だ。

「よし、うまいぞ」

「本当に！」

縄を受けた妖精は、心底嬉しそうにこちらを見上げると、今度は足指を一本しゃぶりながら吸い上げはじめた。

（か、可愛い……）

心の奥をキュンキュンさせながら、それでもご主人様の権威を保とうと、浩は命じる。

「そのまま舐め上がってこい。そうしたらお前の大好きなものをやろう」

「あんっ……うれしいっ」

完全に堕ちきった妖精は、足の甲から臑《すね》、そして膝から太腿へと甘い蜜で濡らしながら舐め上がってくる。

「あーあー、綾奈は変態だねえ。こんなことさせられて恥ずかしくないのか？」

「だって、綾奈がMだってことご主人様に見抜かれちゃったから、逆らえないんです」

けなげな愛奴は恥ずかしそうに告げた。

「僕のことを指差してののしったあの威勢はどうしたのかな？」

「いやんっ……生意気な綾奈を許して……いえ、いっぱいお仕置きしてください」

甘く鼻を鳴らす上目遣いの表情は、魂をぐでぐでに溶かしてしまいそうなほど愛らしく、そして凶暴だ。

2

「欲しいものは何だ？」

ついに太腿の付け根までたどり着いた綾奈に尋ねる。

「意地悪う。わかってるくせに」

「いや、わからない。何だろう？」

「ご、ご主人様の……オ、オチ×ポ……です」

何度口にしても恥ずかしいらしい。マゾヒスティックな妖精は、頬を染めて告げた。

「これか？」

もう極限まで猛り狂っているシャフトで、美少女の頬をはたく。

「あんっ……嬉しいっ」

俗にいうチ×コビンタを二往復、三往復と受けて、美少女奴隷は蕩けるような笑顔を浮かべた。

「ほら、これが欲しいのか？　この変態奴隷が」

今度は美貌からわずかに離れた位置で、先端を上下左右に振ってみせる。

本来ならそれを両手で捧げ持ちたいのだろうが、縛られているためにかなわない。けなげな妖精は口を開けて、懸命にそれを咥え取ろうとするが、もう少しというところでひょいとかわされる。

美貌が少しだけ間抜けな表情で、インコのように上下左右に振られるさまが、これまた可愛い！　キュートとエロスの結晶が調教ルームに舞い降りた。

「いやん！　いじわるぅ」

獲物を追うのをあきらめた美少女は、ぷうっと頬をふくらませて甘く睨《にら》みつけてくる。

（たまらん……）

ぶっちぎりの美少女が、自分を「ご主人様」と呼び、縄だけの裸身をくねらせて剛直をねだっている。しかも明らかに感じているのだ。その証《あかし》のように、二つの乳首がこりこりに尖っている。あまりの至福に浩の頭にピンクの霧がかかる。

地下室の天井を仰いで、嗜虐の神様に感謝を捧げようとした一瞬を突かれた。

先端から中程《ほど》までをぱくりと呑み込まれていた。

「ひゅひぃはひ！」

愛奴は嬉しそうに肉棒を咥えながら、美貌をほころばせて何事かを告げた。

どうも「すきあり！」と言いたいらしい。

愛らしいインコはいつの間にか淫らな猛禽《もうきん》類に変化していた。咥え込んだら放してくれない。頬をすぼめて強烈に吸い上げながら、舌先を激しく振動させてくる。

「ううっ……綾奈……」

下半身が痺れていく。甘い奇襲にシャフトはあっという間に沸点近くまで追い上げられていた。

「あむっ……ちゅぼっ……くちゅっ……」

可憐な美貌が前後にストロークし、一往復ごとに異なる湿った破裂音のメロディを奏でる。ときには浅く、ときには喉の奥まで。

「おおおっ……こ、これは……」

これまで幾度奉仕させてきただろう。驚いたことに、そのたびに綾奈は新しいテクニックを繰り出し、浩の感じるところを的確に突いてくるのだ。

「綾奈のご奉仕……上手《じょうず》ですか？」

少しだけ唇をはずして、舌先で鈴口をくすぐりながら、愛らしい奴隷は尋ねてくる。

「ああ……最高だよ」

「嬉しいっ！　これからももっといろいろ試しちゃおう。ご主人様に喜んでもらうためにたくさん勉強しなくちゃ」

こうすれば相手が喜ぶのではという仮説を立て、それを実際の奉仕に取り込み、甘えながら反応確認することでフィードバックをデータ化する。リケジョの面目躍如だ。アカデミズムと少しだけ違うのは、そのサイクルが高熱の甘い坩堝《るつぼ》の中で回されており、二人のエッチな関係を気持ちよくすること以外に使い途《みち》がないこと。

だが、基礎研究とはそういうものだ。

「はむっ」

愛奴は再び剛直を呑み込み、甘く吸い上げる。頬の粘膜、舌の動きが複雑に連携してシャフトを攻めつけ、鋼《はがね》を溶かしていく。

「す、すごいぞ……綾奈のクチマ×コ」

辱《はずかし》めの言葉にも、愛奴は大きな瞳いっぱいに悦びの色を浮かべて、淫らな奉仕を加速する。

根っからのMなのだろう。

（そういえば、この子はなぜここにいるんだっけ？）

いじらしい奴隷のことが今はひたすら愛おしい。たった三日間で、美少女スパイは浩の心と彼女が敵なのだという大前提まで溶かしきっていた。

疑問符を、チューンナップされた舌技が掻き消していく。

「お願いです……お口だけじゃなくて……今度はあそこにも入れてください。もう我慢できない……」

ピチピチの太腿の付け根からは、若くて甘い淫香が漂いはじめている。

「ちゃんと言えよ」

「ああん……綾奈の……オマ×コに、ご主人様の……オチ×ポを……突き刺してください」

大きな瞳が潤み、熱い鼻息が唾液まみれのシャフトを包んでいく。

「まったく、スケべだな。この変態奴隷が」

「そ、そんなふうに……言わないでぇ」

言葉とは裏腹に、全身が甘い罵倒に撃ち抜かれてびくびくと痙攣していた。

「さあ、こっちだ」

優しく綾奈の髪を撫でたあとで、軽々と裸身を抱きかかえるとベッドへと運ぶサディスティックな騎士。

「可愛くて……ものすごくいやらしい」

眼下には、百六十五、八十三、五十八、八十五の潑剌《はつらつ》ボディが、その柔らかいバストを縄に絞られて突き出しながら横たわっている。

ショートボブの気丈な美貌が、今は挿入を切望する一匹のメスに変貌していた。

「お願いです……入れてください」

浩自身ももう我慢が効かなくなっている。しなやかな裸身に覆い被さって、その愛らしい唇を奪う。

「あむっ……はああっ」

絡み合う二つの舌。一生懸命、愛奴は舌を吸い上げてくる。

「はあっ……ご主人様の唾……美味しいです」

紅潮した美貌。流し込まれた唾液を小さな喉をこくこくと鳴らして飲む表情は、いじらしくも妖艶だ。

「欲しいか？」

もう、浩自身の脳も沸騰して溶けている。

「は、はい……オマ×コ……オマ×コしてください」

3

「さっきのお返しだ」

拡げられた美脚の間に正座するようにして、右のくるぶしを持ち上げると軽くキス。ふくらはぎから膝を通って内腿へ。嬲るように、慈しむように唇を注ぎつづける。

「ああんっ……奴隷の足にキスしてくださるなんて……もったいないです……でも……感じちゃう」

右が終われば左へ。十八歳の美脚へ、口づけの驟雨《しゅうう》が愛を込めて降り注ぐ。

「可愛いよ。綾奈」

「ああんっ……ご主人様、大好き！」

それがメスの本心なのか、シークレットエージェントの手管《てくだ》なのかはわからない。でも後者でもいいと思った。こんな悦楽の沼に浸かれる男など他にいないだろう。美脚の付け根に息づく、若く淫靡な華園。

「ほら、ちゃんと舐めてくださいってお願いしな」

「ご主人様……綾奈の……オマ×コ……舐めてください」

「いやらしい子だねえ」

「だって……ご主人様が言えって……」

辱《はずかし》められるとひときわ感度が上がるらしい。首を振って愛らしく抗議しながらも、全身がビクンっと跳ねて、華蜜がトクトクと溢れ出している。

M字型に開かれた脚。薄めの叢の手前にある十八歳の蜜園。その外側に浩は舌を当てた。

ぬるり。

「あひいっ……」

白い頤《おとがい》をのけぞらせて若鮎が跳ね、短髪がシャンプーの香りを振りまく。

今度は指で外花弁を開き、現れたピンクの粘膜にビブラートを効かせた舌先を送り込む。

「やあんっ……はううっ……上手……上手すぎます」

淫汁が溢れ、すこし塩気を帯びた味が口の中いっぱいに広がる。愛おしい奴隷の味だ。

「ほら、こんなに溢れて……美味しいよ、綾奈」

「は、恥ずかしい……はああんっ……でも……嬉しいっ」

サーモンレッドの華園。襞の隅々まで、丁寧に舌先でなぞると、わずかに膣口が開きはじめた。

丁寧になぞるだけでなく、ときおり下の唇とキスをするように唇全体を縦に押し当て、タンギングを送り込む。

「ああっ……そんなの……ずるいっ……はああんっ！」

歓喜とも抗議ともつかない甘鳴きをあげながら、生け贄はそれでも広げた脚を閉じようとはしない。

「あれ、もう大きくなりだしてるね」

意地悪な支配者が指摘したのは、一番敏感な愛芽のことだ。

てらてらと濡れ光る内花弁の上に息づくそれは、すでに十分な大きさまで膨らんでいる。

「くうんっ！」

舌先の優しいワンショットに、仔犬のような悲鳴が響く。

十八歳の甘芽はそれだけでさらにぷっくりと膨らんだ。

「なんてすけべなクリトリスだ」

「だって……だって……」

甘い息で身悶える表情は、とても正義のヒロインとは思えない。

浩は追い打ちをかけるように、その包皮をむくと、そっと息を吹きかけてやる。

縛られた美少女は、全身をのけぞらせて悲鳴をあげた。

「あひいいっ……」

「そ、そんなの……だめえっ」

それは拒否のかたちを取った懇願だった。

愛おしそうに微笑を浮かべた支配者は、むき出しのそこに限りなくソフトに舌先を当てる。嗜虐と愛が、回転するコインの裏表のように、溶け合っていた。

舐めるというよりも、口に含んでくちゅくちゅと柔らかく揉んでやる。

「あああっ……くううっ……いいっ！」

しなやかな裸身がマシンガンで撃たれたように、幾度も波打つ。メスの情動が十八歳の全身から一気に噴出していた。

「お、お願いです……早く……ご主人様のを入れて」

もう耐えきれないのだろう。身も世もない風情《ふぜい》でスーパー美少女は懇願した。

股間から顔を離し、膝立ちになってその清楚で妖艶な美貌を見下ろしながら、屹立に手を添える。

「う、嬉しいっ」

「今日はここまでにしようか」

残忍な微笑を浮かべた浩は、嗜虐者としての本領を発揮した。自分でも早く綾奈の中に入れたくてたまらないくせに、あえて焦らし責めで生け贄《にえ》を弄《もてあそ》ぶ。

「こんなに可愛い正義の味方を、俺みたいなアウトローが犯すなんて畏《おそ》れ多い」

「やああんっ！　どうしてそんないじわる言うの？」

美少女は涙を浮かべて必死に抗議する。初めてこの部屋に連れ込まれて以来何度も焦らし責めに泣かされている。だがここまで来て焦らされるのは初めてだ。

「どうだい？　これでもおれがいい人だと思うか？」

先端で花園の門をノックしながら、あざ笑うように問いかける。

「あうっ！　ひ、ひどいわ。ご主人様は、本当にいじわるで、でも優しくて、綾奈のことをトロトロにとかしてしまう、すごく悪い人です。……あううっ」

4

美少女奴隷の言葉が終わるやいなや、満足げに頷《うなず》いた浩は、その先端を美肉の中に突き立てていった。

「ああんっ……ありがとうございますううっ」

極太の雁首が湿肉を掻き分けて、ゆっくりと侵入する。

鈴口から、張り出した傘の裏側までがヌッポリと熱に包まれていく。

「ああっはああ」

さんざん焦らされたあとでやっと与えられたその刺激に、縄を受けた美少女は、唇を半開きにして桃色の霧を吐いた。

シャフトの中ほどまで入れただけで、浩自身の下半身も甘い衝撃に溶けていきそうだ。ピチピチとした若肉が雁の裏側まで余さず、そしてシャフトを走る血管のすべてにねっとりと絡みついてくる。

「あんっ……いいいっ……ご主人様の……すごく気持ちいいの」

根元まで、深々と突き立てると、剛直全体がマグマに包まれたように熱い。

「すごい……綾奈のは、本当にスケベなマ×コだ」

何度も犯しているにもかかわらずやはり感嘆の声が出てしまう。

膣洞全体が意思を持った一つの生き物のように、シャフトにぬめりつき、締め上げてくる。それはまるで捕らえられ、辱められることへの甘美な復讐にも思えた。

「はうっ……あひいんっ……」

ストロークを送り込むたびに、若鮎の裸身が幾度ものけ反る。そのたびに形のいいバストが揺れ、張りつめた内腿が痙攣する。

押し込み、そして引くたびに、一ミリも逃さないというように、十八歳の湿肉はシャフト全体に絡みつくばかりか、何段にも渡って脈打つように締めつけてくる。

天才美少女スパイは、そこの出来までもが常人ではなかった。

(なんだ、この感触)

獰猛《どうもう》な食虫植物。浩は逸物が甘くて凶暴なそれに捕らえられたような錯覚を覚えている。

「あんっ……もっと！　もっとたくさん突いてください！」

「このどすけべマ×コが」

浅く数度、思いきり奥まで激しく一度。ときに角度を変えて蜜洞の天井を削ぐように、あるいは側面を掻き拡げるように、バリエーションにとんだストロークを送り込む。

「ああっ……嬉しいっ！　綾奈のどすけべマ×コを……くうんっ……ご主人様の逞しいオチ×ポで……ぐちゃぐちゃに掻きまわしてくださいっ！　ああん、綾奈、狂っちゃいそうです」

(狂いそうなのはこっちだ)

なにしろどんなストロークを送り込んでも、すべてがアンプのように増幅された喜悦としてシャフトに返ってくる。甘美なクロスカウンターを、美少女は本能的に身につけている。腰全体が消失しそうな快感だ。

「もっと……もっと突いて！」

愛らしいわがまま奴隷の要求に、ご主人様は懸命に応《こた》えなければならない。

正常位で上体を密着させると、可憐なバストトップがこりこりと胸板に当たる。

「可愛いよ、僕の可愛い綾奈」

唇の上から、唾液を垂らしてやると綾奈は自ら口を開けて、うっとりと呑み下す。

「ああっ……ご主人様の唾、美味しいです」

違法ドラッグを売りさばく犯罪者と、それを追うエージェントとは思えない。恋人たちの濃厚な睦み合いが繰り広げられている。

(この関係、なにか変じゃないか？)

ちらりと頭をよぎった思いは、混じり合う甘い息と、逸物から背筋を伝わってくる柔らかい衝撃波の中に消えていった。

舌と舌、剛直と蜜肉が絡み合い、喜悦のハーモニーを奏でている。共鳴し合い、ハウリング寸前まで高まっていく淫音のケミストリー。

「あんっ……ご主人様ぁっ！　大好き！」

あまりにいじらしい言葉に突き動かされたように、違法ビジネスの首魁は、懸命に、そして優しく腰を振りつづける。

「んんっ……くううんっ！　あんっ……すごいの！」

生け贄の声がひときわ甲高《かんだか》くなり、絶頂が近いことを告げていた。

「あ、綾奈……くうっ……いいよ、僕が溶けちゃいそうだ」

下半身ばかりか、脳髄までが痺れて、浩自身も暴発を懸命にこらえている。

湿った破裂音と肉擦れの音が、ゴージャスな調教ルームに響き渡る。

「ああんっ……綾奈、いきそうです……いってもいいですか？」

美貌に汗を滲ませた愛奴は、ここにきても支配者の許しを得ようとしていた。

「ああ、いいよ……二人でいっしょに」

本当ならここでも焦らして狂わせたいところだが、十八歳の甘肉はそれを許してくれない。むしろ、今はこのいじらしい美少女と一つになって溶け合いたいという思いが、嗜虐心を上まわっていた。

「あんっあんっ……イクイクイクイクッ……」

「おおおううう」

そこには裏ビジネスのボスも、シークレットエージェントもいない。支配と服従の関係さえエロスの中にかすんでいる。ただ、二つのエッチで優しい魂が激しくぶつかり合っているだけだ。

「イクッ！　イクッ！　あああああっイッッッッッックうううううっ！」

長く甘い悲鳴と、浩の腰が暴発したのは、ほぼ同時だった。

ホワイトアウトする意識のなか、浩は綾奈の絶頂を自分の体重で邪魔しないようになんとか両手を突いて支えながら思っていた。

（この子はちゃんと満足してくれただろうか？）

二つの顔を持つ男は、やはりいい人だった。

5

「やだ！　帰らないもん」

「綾奈、これはご主人様の命令だよ。奴隷なら従わなくちゃ」

「それとこれとはべつのオ・ハ・ナ・シ」

いつか姉が口にしたセリフを真似てつんと横を向き、頬を膨らませる。

「だって、もう綾奈がこの部屋にきて三日になる。君を送り込んだ組織の仲間や上司も心配してるんじゃないか？」

行為を終えたあと、綾奈の縄を解いてやりながら、浩は懸命に愛奴を説得していた。

「だって、ご主人様が例のブツを扱っているのが事実だってことがわかっただけで、まだ何の情報もつかめてないんだもの」

二の腕についた縄跡をさすりながら、可憐なエージェントはほとほと困ったというように首を振る。

「このまま戻ったらどんなひどい目にあわされるか……怖い」

それは可哀そうにというわけにもいかない。さすがに裏ビジネス「ハッピーアワー」の詳細情報を与えるのはまずい。

「スパイは孤独なの。死して屍《しかばね》拾うものなし……でも仕方がない、正義を実現するためなら、私はこのエッチな地獄に耐えてみせる！」

芝居がかったオーバーアクション。胸の前に手のひらを組んで上を見上げる姿はミュージカルのヒロインみたいだ。完全に自分の世界に入り込んでいる。

「え～と、綾奈がどこから送り込まれたかももう聞かない。あの薬で眠ってくれれば、どこか安全な場所で解放する。それで手を打たないか？」

「うちじゃミッション・インコンプリートは許されないの。それに、けっこう居心地いいんだもの、ここ。いくらでも粘れちゃう」

それはそうだろう。整っている設備の他に、食事はすべて豪華なデリバリーを浩が注文してくれる。なんならトレーニングマシンまで揃っている。

「僕もけっこう大変なんだよ……」

浩にしてみれば、ほとほと困り果てているのはこっちだと言いたいくらいだ。

いくらスパイとはいえ女の子にエッチな拷問以外のひどい仕打ちはできない。

朝出勤前には可愛い奴隷の朝食をオーダーして受け取り、昼は社長業、夜は裏稼業、その間に綾奈の食事や飲み物を手配したうえ、調教までこなさなければならないのだ。

できる男は二十四時間戦っている。

「相手の拠点にわざと捕らえられて、逆転のチャンスを狙う。秘技『トロイの木馬』発動！」

全裸で微笑み親指を立てる美少女を見つめながら、浩はため息をつき、古代ギリシア人を呪っていた。

第三章　緊縛された美人捜査官

1

「なぎねえ、次の新作はいつごろ？」

「う〜ん、時間さえ取れればねえ。ごめん！　もうちょっと待って」

ウインクして申し訳なさそうに拝む姿は、たまらなくコケティッシュだ。

自らがオーナーデザイナーであるブティック「オンザビーチ」のカウンターで、佐倉渚は、顧客から新作をせがまれていた。

彼女たちの間ではカリスマ的な人気を誇り、「なぎねえ」と慕われている。

「なぎねえのデザイン着ちゃうと、他のが全部ダサく見えるんだもん。オンザビーチでもっとコーデのバリエーション増やしたい」

それがショップを訪れる女の子たちの声だった。コンセプトは『スマート&キュート』、基本は少し大人びたシックめのデザイン。ただ、どこかにかわいらしさが添えられている。それが、人生をしっかりと自分の足で歩きながら、女の子らしさも大事にしたいというイケてる女子に受けていた。

「せっかく素敵なデザインなんだから、もっと販促すればいいのに」

「なんか、そこまでして売らなくてもいいっていうか。みんなみたいに私の価値観をわかってくれる女の子が愛用してくれればそれで充分」

「でも、もし売り上げが落ちてつぶれちゃったら？」

「そんときはそんとき。私の実力が足りなかっただけ。お客様は大切だけど、媚びてまで売りたいとは思わない」

決然と言いきる表情がりりしい。

「わあ〜、相変わらず男前ぇ〜」

妹と同い年くらいの女子大生はほれぼれとため息を吐いた。

二十五歳。茶髪のおしゃれ番長は、人にやさしく自分に厳しい、サバサバした男前な性格なのだ。性格とは逆に、セミロングのウェービーな髪は、派手な美貌を包んでいる。

シックな装いで抑えようとしても全身から華やかさが溢れ出す。ひまわりのような美女、それが佐倉三姉妹の次女、佐倉渚だ。

「ただね、明日からはちょっとの間お店には出られないかも」

「え〜っ！　どれくらいの間？」

「う〜ん、わかんないけど。すぐよ、すぐに戻る。みんなごめん！」

潔く頭を下げる美貌には、敵アジトに潜入したきり戻らない妹への心配と少し怒りが混じった表情が浮かんでいた。

2

「『いい人』……かあ。トラウマっていうのは消えないもんだな」

その言葉にまつわる苦い思い出。今でもずきんと胸が痛くなる自分に苦笑しながら、水瀬浩はメルセデスのハンドルを握っていた。

（家事代行の人、ちゃんとやってくれてるかなあ。まさかあの部屋に入ったりしてないだろうな？　ま、鍵かけてるし大丈夫か）

昼夜の激務、そして可愛い奴隷のお世話。最近、自宅には仮眠をとるためくらいにしか帰っていない。部屋は散らかり気味だ。元来、几帳面で規則正しい生活がモットーの浩には、耐えがたい状況になっていた。

苦肉の策で頼んでみたのが流行の「家事代行」業者。いわゆる家政婦さんだ。鍵を預けておくと、掃除・洗濯・おかずの作り置きなどをやってくれる。

(部屋の掃除ももちろんだし、なにより綾奈にちゃんとしたもの食べさせなくちゃ)

そう、可愛いペットにいつまでもデリバリーばかり食べさせて、彼女が身体を壊しては元も子もない。なかなか帰ってくれないのも有難迷惑だが、しばらくこのままでもいい気がしている。

綾奈のことを考えただけで、嗜虐心と愛おしさが二つながら燃え上がる。にやにやが止まらない。そのとき、突然アラームが鳴った。

(え、あの部屋開けちゃったの？)

モニターをアップにした浩は、見てはならない光景を目にすることになった。衝撃のあまり危うく事故を起こしそうになるほどの、奇妙でエロティックな事態だ。

「入るなって言われちゃうと、入っちゃうのが人の性《さが》よね」

無難なチノパンに紺色のポロシャツ、その上にはピンクのエプロン。お腹に大きなクマさんのアップリケがついている。頭には同柄プリントの三角巾。

「それにしてももうちょっとなんとかならんのかね。このダサい恰好」

気鋭のデザイナーは、家事代行会社のユニフォームを情けなさそうに確認してボヤきながらも、電子錠のハッキングを開始した。妹の綾奈と同様、ネットにつながっているものならどうにでもできる。電子錠を解除するなどお茶の子なのだ。

「鈴木《すずき》さん、どうぞよろしくお願いします。最近掃除もできてないんで、助かります。奥の部屋は、掃除していただかなくてけっこうですので。入らないでいただけると」

水瀬浩は、鈴木さんこと佐倉渚に頭を下げた。誠実そうなナイスガイに見える。

「なんか、そんな悪人にも見えなかったけどなあ」

ノートPCが暗証番号を探り当てるのを待ちながら、渚は不思議そうにつぶやく。

「しかし、それにしてもすごいマンション」

浩の自宅は都心のタワーマンション、それも最上階だ。広さは軽く二百平米はあるだろう。大きな窓の外には東京の街がきらめく海のように広がっている。

「悪いことでもしてなきゃ、こんなとこに住めるわけない。この渚様が暴いてやるわ。当然、立ち入り禁止のこの部屋の中に、悪事の証拠が隠されているはず！」

頷いたそのとき、ＰＣの画面に暗証番号が映し出された。

押してみると、小さなチャイムとともにロックが開いた。

「ビンゴ！」

渚は、そっとドアを開けて禁断の部屋へ入っていく。天井の隅に仕掛けられた隠しカメラ経由で、部屋の主に見られていることも知らずに。

「えっと……なに？　これ……」

後ろにひっつめた髪、地味なユニフォーム、わざと老けづくりにしたメイク、それでもくすむことのない美貌が戸惑いの表情を浮かべた。

そこにあったのは、悪事の証拠などではない。もっと複雑怪奇なものだった。

カーテンを閉めて、柔らかい間接照明に照らされた五メートル×五メートルほどの室内。

ドアの正面の壁には、縛られた黒髪美女の全裸写真パネルが、まるでご神体のように飾られている。

左右の壁には、書棚にびっしりと、本や古い雑誌、ブルーレイやDVD、はてはビデオテープまでがびっしりと並べられていた。

部屋の中央に置かれたデスクの上にはPCとプロジェクター。

「これっていったい……なんの……」

あることに気づいた渚ははっと息を呑んだ。

すべての資料がいわゆるSMに関連したものばかりなのだ。

渚もその名前だけは知っている巨匠の手による凌辱小説群、昭和から平成にかけて発行されたと思《おぼ》しきマニア向け雑誌、そしてビデオからブルーレイの映像コンテンツまですべてがSMものだ。

それも女性が調教されるものばかり。『被虐の〇〇』「調教◆◆」「緊縛▽▽」似たようなタイトルがずらりと並んでいる。

「これ……？　入っちゃいけないって……そういうこと？」

その質といい、量といい、マニアが見れば涎を垂らして卒倒しそうなコレクション。

昭和から平成、そして今に至る、特殊趣味を集めたという意味では、文化史的な価値さえ持っている。

「あの人、この手の趣味があったの？」

書棚に並べられた雑誌をいくつか開いてみると、そこには少し古いが美しい女たちが縛られ、あるいは張形で秘園を抉られて、苦し気な、それでもどこか快感に酔うような表情で喘いでいた。

「す……すごい……」

次々と雑誌を、そして写真集を開いていく。そこには、縛られた女たちの、アブノーマルだが美しく気高いシーンが広がっていた。開かれたページからは、美女たちの甘美な鳴き声が聞こえてくるようだ。

「綺麗……こんなのって……」

日本の緊縛は、縄師と受け手の信頼関係のもとに成り立つ特殊な芸術の域に達している。

トップデザイナーの感性がそれを受け止めたのか、渚の表情は嫌悪ではなく、感嘆を浮かべている。

「こっちは……」

しなやかな指先がブルーレイのパッケージを開き、銀盤をカートリッジに入れると、スクリーンに妖しい映像が流れはじめる。高画質、高音質、ハイスペックの機器がこの部屋では凌辱される女性を映すためだけに使われている。

『美人捜査官　緊縛性調教』

身もふたもないタイトルの中身は、秘密捜査機関の若き美女捜査官が、悪の組織に囚われ、縛られて調教された挙句に奴隷堕ちしていくストーリー。

主演女優はどこか渚に似ているようにも思える。柔肌に残酷な縄を食い込ませて、淫具で、そして肉棒で嬲られながらも、その美貌は徐々に陶酔に染まり、最後には敵のボスに絶対服従を誓う。

3

「私が……もし……」

ヒロインに自分を投影したのか、渚の美貌がわずかに紅潮し、瞳が潤みはじめている。

「どうしよう……このミッションで捕まったら……」

いつのまにか、左手がクマさんのアップリケの上からバストを揉みはじめていた。

「こんなふうに……あふっ……されちゃうの？」

熱い吐息が漏れはじめ、地味なユニフォームに包まれた百六十八、八十八、五十八、八十八のしなやかなボディがうねり、エプロンの下から妖しいフェロモンが滲み出している。

どうも、美しきシークレットエージェント佐倉渚は、妹の綾奈同様にMのようだ。

正面のスクリーンで喘ぐ美人捜査官、その横には黒髪の緊縛美女の写真パネル。

床に膝座りになった家政婦さんの周りには、書棚から掻き集めた緊縛グラビアが肌色の絨毯のように何十冊も広がっている。

装いこそ冴えないものの、その中心で陶酔したように甘く喘ぐ渚は、被虐の花弁の中心に位置するめしべみたいだ。

「はああっ……」

興奮して喉が渇いたのか、エプロンのポケットからオレンジジュースを取り出して口に含む。二口ほど飲んだ唇からは、オレンジとピンクが混じり合った甘い霧が吐き出される。

「いやんっ……そんなことまで……」

スクリーンの中では、縛られたヒロインが、悪の黒幕の剛直をしゃぶらされている。

渚の左手はエプロンとポロシャツをまくり上げ、ブラジャーの中に入り込んでいた。

「あうんっ……」

指先がバストトップをとらえたのだろう、ひときわ高い声が出た。

「どうしちゃったの？　私……」

豪華なタワーマンションの最上階、その一室にあるSM博物館、そして電子錠をハッキングしてそこに入り込む家政婦、その正体は美貌のシークレットエージェントであるにもかかわらず、淫猥なコンテンツに興奮して自慰に耽っている。

地上二百メートルの空間で、アンビリーバブルとアブノーマルが幾重にも重なり合って、淫らなミルフィーユを形成していた。

右手がチノパンの前ボタンをはずしファスナーを下ろした。細い指がもうすでに湿気を帯びたその奥へと進んでいく。

「自分でも……わからない」

狂っていく自分に戸惑うような呟《つぶや》き。だが、指先はその動きを止めようとはしない。

秘められていた被虐性が、この異常な部屋で発現してしまったのだろうか？

確実なのは、渚にはその行為を止めることができなさそうだということだ。

「あうんっ……くふうっ……私も……こんなふうに……はあんっ」

「いじめられたい」と言いたかったのだろうか。その語尾は甘い吐息に塗りつぶされた。

スクリーンでは、美人捜査官が縛られたまま、バックから犯されていく。

「ああんっ……ひどいっ」

画面に感情移入した美人家政婦は、エプロンを半分脱ぎ、ポロシャツとブラをまくり上げてバストトップを露呈させた。八十八センチのEカップに咲いたあえやかな蕾。ひしゃげられた純白の丘は、暗がりの中でまぶしく輝いている。

「だって……こんなの見せられるなんて……おかしくなってもしかたないわ」

言い訳を口にした美貌が、上を向いて蕩けていく。

右手の指は、もうパンティの奥に入り込み、その湿肉をなぞっていた。

「やだ……もうこんなに……」

指先で羞恥の証を感じ取ったのだろう。美女スパイは自分に呆れたような声をあげた。

自然と指先が肉芽をトレモロのように弾きはじめる。

「あひいっ……あんっ……いいの」

その言葉を紡いだのは、スクリーンの中の美女か、家政婦姿のスパイかわからない。

チノパンの下のパンティはすでにぐしょぐしょになっていた。

「ああんっ……邪魔っ」

渚はもどかし気にチノパンを脱ぎ捨てると、下半身はショーツだけをまとった形で、美脚を拡げて悦楽を貪《むさぼ》ろうとする。

「あううっ……あんっあんっくふううっ」

クマさんのエプロンから片乳を出して、三角巾をかぶったまま、SM雑誌に囲まれて絶頂を迎えようとするその姿は異様だ。だが、それでも溢れ出すフェロモンがその異様さを覆い隠して妖しさに変えている。

「あああっ……イクイクッ……イキそうなのっ……」

渚が絶頂に駆け昇ろうとしたそのとき、ドアが開けられた。

「ええっ？」

動揺のあまり、脇に置いてあったペットボトルを倒してしまう。果汁が縛られたグラビアの美女たちをオレンジ色に染めていった。

4

「あの、鈴木さん……？　いったい何してるんですか？　この部屋には入らないでってお願いしたはずですが」

そこには、困惑した表情の水瀬浩が立っていた。

「あ……いや、あの……」

鈴木さんこと佐倉渚は、上はエプロンから片方の胸を露出させ、下はパンティだけのまま、真っ赤になってもごもごと言い訳しようとする。

「まずはとにかく服を着てください」

「は、はい……すみません！」

慌ててバストをエプロンにしまい、チノパンを手繰《たぐ》り寄せて美脚を通す。

「この部屋は電子錠でロックしていたはず。よく開けられましたね」

「いや……えっと……ちょっと触ってたら、なんか開いちゃったみたいで……えへへ」

羞恥と後ろめたさがないまぜになった表情で、渚は三角巾の頭を掻いた。

(最先端の電子ロックなのに、ちょっと触ったくらいで開くわけないんだけどな)

疑念を押し殺しながらも、浩は無理に微笑を浮かべた。

「あの、私、別に変なことしてたわけじゃなくて……その、このお部屋も綺麗にできればなって……お掃除……しなきゃって」

(いや、全部見てたんですけど)

裏稼業の特性上、覚せい剤などを扱う本物の犯罪組織から狙われないとも限らない。

そのためにセキュリティ万全のマンションに住み、外からでも侵入者がわかるようにネット接続のカメラをいくつも設置している。まさか、それがあんな光景を映し出すとは。


「あああんんっ……すごいいいいっ……」

縛られてバックから貫かれたヒロインが、スクリーンの中で絶頂を迎えた。

「私は……もう、ご主人様のもの……」

うっとりした表情で服従を誓うヒロインのアップで映像は終わった。

気まずい沈黙が浩と渚を包みこむ。

「えっと……これは……あんまり……お掃除とは関係なかったですね……たくさんあったのでちょっとだけどんなのか見てみようかなって……人間、好奇心って大事だし」

床の上には、貴重なコレクションが何十冊も広がり、縛られた裸女たちが喘いでいるのだ、何の言い訳にもなっていない。

「え～っと……ここは、僕があとで片づけておきますから。今日のところはいったんお帰りいただけますか？　おばさん」

「え、今なんておっしゃいました」

「今日はいったんお帰りくださいって」

「そのあとだよ！」

クマのエプロンと三角巾をした家政婦さんが、いきなりヤンキーのように首を曲げて抉るようなガンを飛ばしてきた。

「おば……さ」

「誰がおばさんよ！」

食い気味にかぶせられた。口調と服装のギャップがすごい。

「ちょっと、そこで五分だけ待ってて」

「は、はあ……」

洗面所へずいずいと足を運ぶ家政婦さんを浩は呆然と見送った。


「どう？　これでもおばさんって言える!?」

五分後にコレクションルームに現れたのは、目を見張るようなビーナスだった。

クマさんのエプロンと、三角巾を脱ぎ捨てると、紺のポロシャツにオフホワイトのチノパン。老けづくりのメイクを落としてすっぴんになった美貌は、ルージュさえ塗らなくてもまぶしいほどに美しい。ひっつめをほどき、さらりと流した波打つセミロングは、美貌をさらに輝かせている。

「えっと……鈴木……さん？」

「そう！　鈴木渚、二十五歳！　誰がおばさんなのよっ」

クマさんのエプロンをした家政婦さんは、あっというまに、爽やかな美女に変身していた。ポロシャツとチノパンのシンプルな装いが、抜群のスタイルを強調している。アウトした短めのポロシャツとチノパンの間から、かすかにのぞくおへそが愛らしくセクシーなアクセントになっていた。

「ご、ごめんなさい……おばさんなんて言って……すごく若くて……綺麗です」

部屋に勝手に入られコレクションを荒らされても素直に謝る浩は、器が大きく腰の低い男だ。

(この感じ……前にもあったような)

どこか腑に落ちない違和感が残っている。

「わかってくれればそれでいいの、それじゃあ」

精悍《せいかん》な美女がすっとぼけて逃げ出そうとするのを見て、さすがのお人好しも気がついた。

「ちょっと待って！　そもそも家政婦さんがなんであんな変装を？　それにこの部屋

には入らないでって言ったのに、いや、入れるはずないのにどうやって？」

疑問符の連打を浴びて、長身の美女は戸惑っている。

「どうしても……聞きたい？」

おへその前で手のひらを下に向けて指を組み合わせ、身体と首を傾けて尋ねる表情が男の心を溶かしてしまう。コクコクと頷《うなず》くことしかできない。

「あ～もう、しょうがない！」

視線をきっと上げた美女は、腹を決めたように、腕を組みついさっきまで自慰に耽っていたスペースにどっかりと胡坐《あぐら》をかいた。くんっと首を振って、髪の毛を後ろに流す。

まっすぐに浩を見上げる表情はやっぱり男前だ。

「実はあなたのことを探りにきたの。そう、裏ビジネス。やってるんでしょ？　悪いこと」

「さあ……な、何のことやら……」

（え～？　綾奈だけじゃなくてこの人も？！）

内心ドキリとしながらも、ここはしらを切りとおすしかない。

「しらばっくれちゃって、もう」

からかうように唇を尖らせると、さっきまでの凛《りん》とした男前とのギャップにハートを持っていかれそうになる。

「こんな美女がいきなり家事代行にきたんじゃ不自然だと思って、わざわざ老けたメイクまでしたのに」

（え？　美女って自分で言うんだ）

「本気にしておばさん呼ばわりなんて失礼しちゃう」

「す、すみません……」

なんで自分が謝らなければならないのかわからない。

「で、何か見つかりましたか？　その裏ビジネスとやらの証拠」

あるわけがない。裏稼業はアジトも手下も水瀬化学商事とはまったく別物。唯一PCの奥深くにしまった裏帳簿を綾奈にハックされたのが痛恨の出来事だった。

「ない。まったくない！」

きっぱりと言いきるさばさば美女。潔い。

「じゃあ、もうお帰りください。綺麗なお姉さん」

「綺麗だなんて……そんな」

（いや、自分で言ってたじゃないか）

「そういうわけにもいかないわ」

（ここ調べたって何も出てこないのに）

「この部屋……散らかしちゃったし……ジュースも……」

「いや、ジュースくらい拭けば大丈夫ですから」

大切なコレクションを濡らされても鷹揚に微笑む、やはり器の大きな男だ。

「ううん。ここも……」

渚が指さしたのは自分が胡坐をかいているすぐ横の床。

「さっき……私ので……濡らしちゃった……」

衝撃のカミングアウト。サバサバ系の派手な美貌が羞恥に赤く染まっている。

よく見るとその部分は、パンティから滲み出した愛液でわずかに光っている。アブノーマルな自慰の蜜跡だ。

「でもね！　あなたが悪いのよ。こんな変な雑誌や映像を集めて！　この変態っ！」

紅潮した表情のまま、まったく不当な言いがかりをつける。おしゃれ番長は逆切れでこの場を切り抜けるつもりのようだ。

「まあ、なんか……雰囲気に呑まれて……変なことしちゃったけど……それもこの部屋のせいだわ」

両手の人差し指を突き合わせると、語尾が小さく羞恥に溶け込んでいった。

「そ、そうですよね。こんなのを集めている僕が悪い。鈴木さんが変な気持ちになっちゃったのも、言えば僕のせいですから。僕がその、変態だから。鈴木さんは悪くない。あなたはこの部屋で何もしていないし、僕もなにも見ていない。そうしましょう」

二十五歳のビーナスはくすりと笑った。

「あなたって、ほんとうはいい人なのね」

きゅ〜んと音を立てて、浩の心の器がおちょこサイズに縮む。

「おい、今なんて言った？」

その優しい目が、今は狂気を湛えていた。

5

窓の外に広がる街はオレンジ色に染まっている。はるかな地平線に夕陽が落ちる絶景は天空の城を持つものだけに与えられた特権だ。

「ああっ……はあんっ」

「ほら、もっとしっかり歩け」

タワーマンションの最上階には、異常な光景が広がっている。

広いリビングのドアノブからピンと延びた五メートルほどのロープ。その端は、ベッドに座った水瀬浩の手に握られている。

「こんなの……ひどいわ」

そのロープをまたぐように立っているのは、下着姿で胸縄を打たれた長身の美女、鈴木さんこと佐倉渚だ。

身長百六十八、バスト八十八、ウエスト五十八、ヒップ八十八の八頭身。Eカップのバストは花柄をあしらったハイブランドのブラに、キュッと上がったヒップもブラとコーディネートされたショーツに覆われている。どちらも純白のシルクだが、今は夕陽を浴びてオレンジに染まっていた。

「ほら、こっちへ来い」

「だって……ロープが食い込んで……あんっ」

下着姿のビーナスが喘ぐのも無理はない。ショーツのクロッチ部分にはテンションを掛けられたロープが食い込み、クレバスの形をはっきりと写し出している。

「俺のコレクションを勝手に見た罰だよ！」

「ああんっ……ご、ごめんなさい」

「しかも人の部屋で勝手にオナニーまでしやがって、この変態女が」

「いやあん……恥ずかしいから……言わないで……」

極上の美女が、上半身を縛られた下着姿で、股縄渡りを強《し》いられながら羞恥の悲鳴をあげる。ブラウンのセミロングが揺れ、大きな瞳が潤み、抜群のプロポーションをくねらせる姿がオレンジ色に照らされているのは、この世のものとは思えないほど妖しくも美しい。

(また、やってしまった)

浩は内心で後悔していた。「いい人」と呼ばれてぶちぎれてしまい、気がついたら家政婦さんに化けた美人エージェントを縛り上げていたのだ。

シークレットエージェントのわりに抵抗が弱かったことに浩は疑問を抱いていない。男の力の前ではエージェントといえどもかなわないのだと理解している。無知とは恐ろしいものだ。

(すげえ……綾奈と同じくらい綺麗だ……)

縛られた女は美しい。

コレクションを通じて学んだ先人たちによる真理だ。そしてその対象が、普通に街を歩くだけで男たちがため息をついて振り返るであろう極上の女であれば、なおのことだ。

（いや、色っぽさだけなら、綾奈以上かも）

後悔と陶酔が心の中でぐるぐるとシェイクされていくなかで、愛おしいペットがつんとすねる表情が頭をよぎって、浩は苦笑した。

「はううんっ」

囚われの美女スパイは、いじらしくもその美脚を伸ばして一歩だけ歩みを進めようとする。少しでもロープの食い込みを緩めようと、つま先立ちになると美脚がさらに長く見える。摺り合わされるすらりとした太腿は、オレンジに染まった白磁のようだ。

「あうっ……食い込んでる……」

下着姿の生贄が湿った悲鳴をあげる。

「もっとこっちへ来い」

冷酷で淫らなワルになりきるしかない。行けるところまで行って、あとは野となれ山となれ。着実な計画を立てて、地道に形にしていく敏腕経営者が、今だけは刹那主義にすがっていた。

「だって……これが……」

怯えるように伏せた視線の先には直径五センチほどの結び目が、凶暴な存在感を放っている。よく見るとほとんど三十センチおきに規則正しく並んでいる。

「こぶ縄渡り」と呼ばれる淫刑を考え出した先達《せんだつ》は、やはり偉大だ。

「それがあるから面白いんじゃないか？　許してほしいんだろう？　それとも俺の部屋であんなことして、貴重な本まで汚した挙句知らんぷりで帰るのか？　人としてのマナーさえない女が正義のエージェントだなんて笑わせてくれる」

渚を責める材料であれば、いちゃもんでも何でもよかった。

「ああん……ごめんなさい……ちゃんと……歩きます」

爽やかで派手な美貌が、今は哀しみとある種の期待がないまぜになった表情を浮かべている。男前はどこへやら、すっかり女の顔になっていた。

「はううんっ……」

コブにクロッチ部分が触れた瞬間、浩は一気にロープを引き上げた。

「やあぁんっ……食い込んで……当たっちゃうう」

二十五歳。下着姿の妖艶なビーナスはオレンジの光の中でその肢体をしなやかにくねらせた。

「どこに食い込んで、何に当たってるんだ」

「は、恥ずかしい……くうんっ」

もう一度強く引き上げると、渚は甘く哀しげに鳴いた。

「お前には恥ずかしがる権利なんかないんだよ」

「は、はい……ロープが……オ……オマ×コに食い込んで……結び目が……クリちゃんに当たってます」

華やかな美貌が赤く染まっているのは夕陽のせいだけではない。

「よくそんな恥ずかしいことが言えるな。この変態女が」

「いやあんっ……変態なんかじゃ……あうっ」

否定の言葉をさらに引き上げられたロープとコブが抑え込んだ。

「ほら、もっとこっちへ」

「は、はい……はううんっ」

下着姿のビーナスは少しだけ歩みを進め、一つ目のコブを乗り越えた。

オレンジの空気の中でくねる八頭身のプロポーション。ブラウンの髪が揺れ、Mの微粒子が部屋の中に溶けていく。

「あんっ……くううっ……」

華やかで惨めな生贄は、それでも一歩ずつ淫らな行進を紡ぎ出していく。

「はうっ……あんっ……すごく食い込んで……すごく当たるの……」

断続的なピンクの喘ぎが、オレンジの中に溶け込みながら徐々に近づき、半裸の美身がついに浩の目の前三十センチにたどり着いた。

全身から濃厚な被虐のフェロモンが溢れ出し、しっかりとロープが食い込んだクレバスは、シルクの生地がびしょびしょになるほど濡れている。

(なんだ、この美しさは?)

クールな表情を保ちながらも、浩は内心で呆然としていた。

夕陽色に下着姿を染められた被虐のビーナスが、すぐ目の前では抜群のプロポーションをくねらせ、淫香を放っている。

「どうだ、気持ちよかったか」

「いやっ……恥ずかしい……」

サバサバ系姉御《あねご》肌の渚が、羞恥に大きな瞳を潤ませてこちらを見つめてくると、そのギャップに、逸物がフル勃起しながら痺れていく。

「お前みたいなスケベ女には、こんな下着さえもったいない」

本当は手を合わせて拝みたいほどに美しいと思っているが、それをおくびにも出さず侮蔑《ぶべつ》の言葉を吐き出した。

「やあんっ……スケベ女だなんて……」

M心には罵倒が言葉の愛撫になってしまったようだ。しなやかな全身ががくがくとわななき、整った鼻梁からはねっとりとした息が漏れ出す。

「ほら、脱がせてやるよ」

背中に手を伸ばしてホックをはずし、ハイブランドのブラジャーを強引にずり上げると、八十八のEカップがその全貌を現した。

「いやっ……見ないで……」

言葉とは裏腹に、白い双丘の先端ではピンクの蕾がコリコリと尖りきっている。

「このドスケベ乳首が」

「そんなこと言わないで……」

「生意気にタメ口かよ。ちゃんとお願いしろ」

華麗なビーナスはここで敬語を使うことの意味を知っているようだ。何かを決意するようにこくんと唾を呑み込む。

「そんなこと……言わないで……く……ください」

その瞬間、上下関係が確定した。浩の目には冷酷な光が宿り、渚の瞳は被虐の悦びに潤んでいる。

6

「ここには、可愛いアクセサリーをつけてやろう」

浩はポケットから小さな鈴を二つ取り出した。鈴につけられた三センチほどの細いチェーンの先は、イヤリングのように乳首を挟んで固定する輪がつけられている。

「あっ……ああっ……そ、そんなのつけないで……ください」

語尾が懇願になっていることが、拒否できないという自覚を表している。

「あうっ……くふうっ」

尖りきったバストトップを挟むようにニップルリングのねじが締められ、両乳首に金色の鈴をつけられた、奇妙で惨めな美しい女神が現れた。

「こ、こんなの……恥ずかしい」

渚が羞恥に身もだえするたびに、チリンチリンと鈴が鳴り、オレンジとピンクが溶け合った空気の中に、金色の音粒がこぼれ出していく。

「こんどはこのぐしょぐしょパンティだ」

浩は張りつめていたロープから手を放して床に落とした。

「あ、ダメ……ダメです。丸見えになっちゃう……なっちゃいます」

膝を震わせた生贄は、一瞥だけですぐに語尾を修正した。服従の喜悦がその誇りを溶かしているようだ。

「ほら、最後の一枚だ」

シルクの両サイドに指を掛けて引き下ろそうとする浩に対して、茶髪のビーナスは抵抗しなかった。

ヒップの側からくるるんと剝かれた薄布は、美脚に沿ってするりと下ろされていく。

「いやあっ……恥ずかしい」

薄めの叢の下に、ぽってりとした淫唇が恥ずかし気に覗いている。

「おいおい、すごいなこれは」

浩は、抜き取ったシルクの船底部を裏返して目の前に掲げた。

「いやっ……いやあっ……恥ずかしいです」

女にとって、秘園そのものを覗き込まれるより恥ずかしく、屈辱的なことだ。

羞恥の抗議にもかかわらず、嗜虐者はそれを超える行為に出た。

「あおお」

口にクロッチ部分をつけると、渚に見せつけるように大きく舌を出して、染みついだ華蜜を舐め取っていく。

「だめえっ！　そんなことしないで……汚いから」

美貌を左右に振ると、シャンプーの香りが浩の鼻腔を刺激し、嗜虐心を高めていく。

「すげえ……なんでこんなに濡れてるんだ」

絞れば滴り落ちそうなほどの果汁を、チューチューと吸い上げながら残酷な問いを投げかける。

「そ……それは……」

「答えろよ、この変態女」

「ああん……それは、あそこにロープが食い込んで……」

ふだんは精悍な美貌をトロトロに溶かして、生贄は裸身をひねる。

「はっきり答えろ、何度も同じことを言わせるな」

渚はあまりの羞恥に甘く鼻を鳴らしながら、震える唇で言葉を紡ぐ。

「ああっ……ロープが……私のオマ×コに食い込んで感じちゃったからです。いやあっ！」

全身が激しくくねり、鈴の音が響き渡る。それは堕天使の顕現を告げる、教会の鐘のようだ。

「さあ、もう一度歩いてもらおうか。今度はちょっと趣向を変えてやろう」

足元に置いたバッグから、白いクリームが入った瓶を取り出した浩は、恥辱のランウェイのスタート地点である、ドア位置まで生贄を押し戻した。

「え……いったい何を……」

床に落ちたロープを拾い上げ、端から端まで丹念にクリームを塗り込んでいく浩を、生まれたての堕天使は呆然と見ていた。

「よし、歩け」

あれだけ威勢がよかった美人エージェントが、今は怯えた表情を浮かべているのがたまらない。

「こ、このロープは？」

そう、浩がクリームを塗り込んだせいでロープ全体がぬめり、こぶ部分にいたってはテラテラと輝いている。

「僕の専門が化学だっていうことくらいは当然調べ済みだよね？」

不安を湛えたまま、生贄はこくんと頷いた。

「研究に研究を重ねてでき上がったオリジナルの媚薬さ。これまで何人の女が、こいつのせいで狂っていったことか。最後には涙を流して、犯してくださいってお願いするようになる」

もう一度ロープが持ち上げられ、今度はむき出しの湿肉に食い込んでくる。

「いや……怖い……」

「大丈夫だ。淫らに狂うだけで、他に副作用はないことも確認済みだ。それにもう逃げられないことくらいわかるだろう？」

美囚は、もう一度こくんと頷く。さっきよりも甘いニュアンスを湛《たた》えて。

「あふうっ……」

八等身の美しい生贄はセミロングの髪を揺らして、媚薬が塗り込まれた股縄の上をおぼつかない足取りで歩みはじめた。

「ああんっ……直接……食い込んでるの……それに、なんだかヌルヌルして……はううっ」

つま先立ちの裸身が、切なそうに揺れる。軸が不安定な妖しい独楽《こま》のように、不規則にくねり、そのたびにバストトップの鈴からはキラキラとした音粒がこぼれ出す。

「やあん……こぶが……お薬で光ってる」

被虐のモデルは、隠微なランウェイを飾る意地悪なこぶに再会すると、悲哀と陶酔が混じり合った鳴き声をあげた。

グイとロープを張ってやると、そのこぶが淫らな木の芽に当たる。

「あひいっ……ク、クリちゃんが……」

美しい堕天使がひときわ大きくのけぞり、鈴の音がさらに激しさを増した。

「オ……オマ×コも……クリちゃんも……すごく熱いの」

すでに強要しなくても卑語を紡ぎ出すまでに、渚はマゾヒスティックな喜悦に陶酔しているようだ。

「あひいっ！　すごく……意地悪なお薬……」

最初のこぶを通過しただけで、堕天使は肩で息をしながら、鈴の音に悲鳴を溶かし込んでいく。

一歩ずつ、いや、半歩ずつ、囚われのビーナスは淫らな歩みを進める。

「ほら、しっかり歩けよ。この変態女が」

「ひどいこと……言わないで……ください……」

今の渚にとっては、罵倒さえもが被虐のスパイスになっているようだ。

「ああんっ……ヌルヌルする……」

いつしかセミロングの美女は、自《みず》ら《か》腰を前後に揺らしながら歩みを進めていた。

「はううっ……またいやらしいこぶが……」

縄を花唇に食い込ませ、生贄はその凶悪なふくらみを自ら迎えにいくかのように腰を突き出す。その動きが一回目よりも滑らかなのは、ロープに媚薬が塗り込められているからだけではなかった。とくとくと溢れ出す蜜が潤滑油の役割を果たしていた。

「ううう っ……いいの……もう感じすぎて……」

クリトリスがこぶを越えた瞬間、しなやかな縛身がひときわくねり、鈴の音が語尾を掻き消した。

「おいおい、自分がどうなっているかわかってるのか？」

浩の嘲《あざけ》りには理由があった。肉弁から湧き出る淫液は、縄を濡らすだけでは済まず、すらりとした太腿にまで流れ出し、そのつややかな表面に数条の川を作っているのだ。

「あ〜あ〜、そんなに溢れさせて……しかも自分で腰を振りやがって」

「だって……擦りつければ擦りつけるほど……気持ちよくって……でも物足りなくて……だから……はああんっ」

自らに刻まれた残酷な被虐の轍。それがループして増幅されていることを美囚は懸命に訴える。

「だから……今度は……」

歩みを止めることを許されない生贄は、せつなく鼻を鳴らし、髪を振り乱す。

「あひいっ……くふうっ！」

最後のこぶを乗り越えながら、渚は絶頂寸前の表情を見せた。

「今度は、なんだ」

浩は昂りを冷たい笑いで隠して、答えを促す。きっとそこには見たことのない宝石が眠っているはずだ。

「は、恥ずかしい……」

残された最後の絶対防衛ライン。

「そうか、じゃあ、もう一度縄を渡るか？」

「いやっ……いやあんっ……」

「誇り」と呼ばれるその砦は、あっけなく崩壊した。

「お、おチ×チンを……入れてください」

八頭身の美女は、潤んだ眼でこちらを見つめながら、恥ずかし気に告げた。精悍でさばさばとした仮面を剝ぎ取ると、ねっとりとしたメスの面《おも》立ちが現れた。

縛られた裸身のすべての毛穴から、桃色の霧が吹き出している。

「どこに？」

「お、オマ×コです……渚のエッチなオマ×コに……水瀬さんのおチ×チンを入れてくださいっ」

「何でもいうことを聞くか？」

もうたまらないのだろう。渚は言葉を紡ぐことさえできずに美貌を縦に振った。

「奴隷になって、僕のことをご主人様と呼ぶんだ」

最後に残ったプライドの欠片。浩はそれさえも砕き尽くそうとしている。躊躇と煩悶に美貌が歪んだのは一瞬だった。

「はい……ご主人様……」

屈辱と羞恥、そして服従の喜悦を浮かべて、渚は浩の胸に頬を擦りつけてきた。

総毛立つほどの快感。並みの男なら一生味わうことがない瞬間。

(この一瞬のために生きている)

脊椎から脳天へ、ピンクの稲妻が突き抜け、細胞のすべてが甘く痺れていく。

「やっと素直になったね。可愛いよ、鈴木さん」

頭部の重さと頬の温かさを受け止めながら、優しくブラウンの波打つ髪を撫でてやる。

「いやん。奴隷にさんづけなんてしないで。渚って呼び捨てにしてください」

すべてを脱ぎ捨てた愛奴は、微笑さえ浮かべて懇願した。

「渚、いい子だ」

「あのお部屋の女の人たちみたいに、たくさんいじめてください。私、おかしくなってる……でも仕方がないの……ご主人様が……意地悪なお薬を使うんだもの」

「そう、渚は悪くないよ。全部僕のせいだ」

渚の唇を奪いながら、水瀬浩は柔らかく甘い疑問符に包まれていく。

(家事代行を頼んだだけなのに……なんでこんなことに……)

積極的に絡められる柔らかい舌に、その疑問符はかき消されていった。

7

仰臥《ぎょうが》して見上げると、視界のほとんどを縛られた美裸身が占める。

「ああっ……こんなかたちでなんて……恥ずかしいな」

服を脱ぎ捨て自らも全裸になった浩。天を突き抜かんばかりの屹立を、長い美脚を拡げた渚が膝立ちで跨いでいる。

最初なのだから縄をほどいて正常位で犯されたいと愛奴は懇願したが、浩がそれを許すことはなかった。はしたなく、あさましい姿で喜悦を与えることが、主従関係を固める最高の体位だと確信している。

「何でもいうことを聞くんじゃなかったのか?」

「だって……こんなの……自分から動くなんて……」

気風は男前だが、中身はいじらしいほどに乙女な渚だった。

「渚?」

「はい……ごめんなさい……ご主人様」

優しく咎《とが》めただけで、新しい奴隷は服従の陶酔感を全身から漂わせ、膝立ちのはしたない裸身から立ち昇る香気が、陽炎のように揺らめいている。

「はううん……」

渚がじりじりと両膝を拡げていくと、濡れそぼった秘園が少しずつ、天を指す怒張の先端に近づいていく。

その姿勢を保つにはそうとうな筋力が必要なはずだ。縛られているのだから手を突くわけにもいかず、普通はすぐにぺたんとしりもちをついてしまっても仕方がない。

だが、表面は柔らかく適度に脂を乗せた渚の太腿は、その内側に鍛え抜かれた筋肉を秘めていた。正義のために培《つちか》ってきた脚力が、今は支配者を喜ばせるために発揮されている。

「ほら、おいで」

唇を噛んで、つらい姿勢に耐えるけなげな姿に少し胸が熱くなる。

少し前まではクマのエプロンをつけていた家政婦さんが、今はロケット形バストの先端に鈴をつけ、ぐしょぐしょになった秘園を晒して、縛裸身を揺らしている。

(なんでこんなことに?……でも、まあいいか)

ビジネスでは自分に厳しい男が、今だけはゆるゆるになっていた。

「あっはああっ」

妖しい花弁が先端に触れた瞬間、生贄は甘い声で鳴いた。

「すごく、熱いよ。渚」

そう、浩の先端は渚の湿肉から放たれる熱を感じ取って痺れていた。淫靡なコレクションに触発された結果、自らの指で濡らされ、媚薬が染み込んだ縄でさんざんに弄《もてあそ》ばれた。やっと待ち望んだものに貫かれる。その期待に淫弁はしとどに濡れ、愛らしく凶暴に唇を拡げている。

「あひいっ……」

花弁をノックするように先端ではたいただけで、愛奴は甲高《かんだか》く鳴いた。侵入経路にセットしてやる。

「降りてこい」

五ミリ、一センチ、二センチ……その肉弁がついに亀頭部を呑み込んでいった。

「くうっ！　ふううっんはっ」

唇から漏れるのはもはや艶声でさえない、生のメスの鳴き声だった。

先端だけを呑み込んだ状態を楽しもうとするかのように、開いた太腿が震えながら懸命に身体を支えている。喜悦を貪る淫らなリンボーダンスのようだ。

「ううっ……すごくいいよ……渚の中」

入り込んだ亀頭部は、マグマのような粘膜に包まれている。熱さと柔らかさを持ちながら、雁首の裏側をきゅんきゅんと締めつけてくる。

「あふうっ……うれしいっ」

おそらく、自重を支える太腿の筋肉と、括約筋、そして膣奥の肉がリンクしているのだろう。二十五歳の蜜洞は、浩が感じたことのない反応を与えてきた。

「もっと……降りてもいいですか？」

おばさん呼ばわりにぶちぎれていた鮮烈な美貌が、今は小首を傾《かし》げてはにかんでいる。

「ああ、渚の好きに動いていいんだよ」

そのギャップにハートを撃ち抜かれながら、それでも優しく微笑んでやる。

（あぁっ……もう何が何だかわからないけど、今できることはこの子を気持ちよくさせてやることだけだ）

どこまでも優しいいい男だ。

「くううぅんっ……はううっ」

妖艶なリンボーダンサーは、その腰を一番下まで降ろし、とうとう尻肉を支配者の腰に打ちつけた。

「あひぃっ……入っちゃった……一番奥まで……」

乳首の鈴が、到達を祝福するかのように高らかに鳴っている。

「ぬおおっ」

自分でも思わぬ声をあげてしまう。シャフト全体が粘膜に包まれ、甘いマグマに溶かされそうなのだ。

綾奈とはまた違った味わい。蜜洞の最奥部まで、先端が届き、その天井はざらついた表面で亀頭をこする。名前だけしか知らなかった「数の子天井」と呼ばれる名器。

自分はまさに今それを体感しているのだ。

「ご主人様の……オチ×ポ……すごく硬くて、とっても太いの……はんっ！」

もう強制しなくても卑語を紡ぐようになった愛奴は、セミロングを振り立てて上下に身体を揺らしはじめる。

「あんっ……はうっ……きゃううっ……」

ブラウンの髪と鈴をつけたバスト、そして愛液を溢れさせる下腹部が、まるで淫らな蛇のように連動して波打つ。

縛られたビーナスの凶暴な蜜壺は、自由自在に収縮して支配者への復讐を遂げようとしている。クイック・クイック・スロー、ワルツのリズムを刻んで生肉柱を締めつけてくる。しかも最奥のざらつきは、むき出しの亀頭を執拗にこすりつづけているのだ。

「す、すごいぞ……」

浩はそれに応じるかのように、下から腰を突き上げる。エッチな対空射撃だ。上空から襲う蜜壺と迎え撃つ対空砲。ときに衝突し、ときにシンクロする官能の塊《かたまり》。

くちゅくちゅ、パンパンという肉の音が、鮮やかな鈴音と見事なハーモニーを奏で、渚の悲鳴がさらにオクターブを上げていく。

「くうんっ！　あんっ！　あんっ！　すごいいいっ！」

たぷたぷと揺れる鈴つき美乳、唇からこぼれるピンクの悲鳴、シャンプーと蜜園の淫臭が混じり合った香り、支配と服従、交差する欲望。

カオスがタワマンの最上階を満たしていく。

「イクッ、イクッ、イキそうです……ねえ、ご主人様っ……渚、イッてもいいですか？」

しなやかに腰をうねらせ、唇から涎をたらしたビーナスは蕩けきった表情で尋ねてきた。

「まだだよ」

浩は自分も暴発寸前のくせに、あえて絶頂にストップをかけた。

「イク前にやることがあるだろう」

じっとりと汗を浮かべた太腿の裏に両手をかけて、渚に立ち上がることを促《うなが》す。

「ああん……そんなあ……」

昇天寸前で待ったをかけられて鼻を鳴らす渚だが、浩の目に宿った冷たい光を見て、それが逆らえない命令であることを悟ったようだ。名残《なごり》惜しそうに剛直から蜜壺をはずした。

たらり。そこからは糸を引く粘液が、怒張の先端に伸びている。

8

「まだ、そのスケベな口に咥えさせていなかったな。しゃぶれよ」

「そ、そんな……」

そそり立つ逸物は、渚の愛液を脈打つ幹の隅々にまでまとい、妖しく濡れ光っているのだ。

「だって……私の……」

自らの淫液を舐め取りながら奉仕しろ。浩はそう命じている。

「私の、なんだ」

「こうなっても気取っているのか？　じゃあ、ここまでだな」

「いやあっ、待って、待ってください」

「ちゃんと答えろ」

「私の、渚の……マ、マン汁が……ご主人様のオチ×ポに……。だから」

「だから舐められないのか？　それならそれでいい」

「やることとって？」

内心ものすごく興奮しながら、上体を起こすフェイクを入れると、追いつめられた生贄は見事に引っかかった。

「舐めます……ご奉仕しますから……いえ、ご奉仕させてください」

このまま埒《らち》を開けてもらえないことがよほどつらいのだろう。渚は自ら懇願の言葉を紡ぎ、支配者の両脚の間に正座した。かすかに鳴る鈴の音が今は哀しげだ。

「ちゅっ」

縛られたまま上体を倒して、先端にキスを注いでくる美囚。紅潮した頬に数条の髪を貼りつけている表情がぞっとするほど艶めかしい。

「お前のスケベな汁でヌルヌルだ」

「ご、ごめんなさい。お掃除させていただきます」

舌先を覗かせて、鈴口の当たりを柔らかく舐めまわす。

「どんな味がする?」

「少ししょっぱくて、すごく甘いです」

奉仕に集中するふりで眼を伏せる。愛奴は恥ずかしさのあまり、自分の目を見られなくなっているのだろう。派手な美貌と好対照のいじらしいしぐさがS心を掻き立てる。

「なにが甘い？」

迫ったのは考えられないほど、惨めで下品な言葉。渚は束の間、弱々しく首を振って抵抗したが、咎める視線を注いでやると、観念したように半泣きの表情で告げた。

「あぁっ……渚の……渚の、マ、マン汁です。いやあっ」

おそらく性器の名称そのものよりも、女にとっては屈辱的な言葉だ。

生まれて初めてその言葉を紡いだ屈辱に、引き締まった唇がわなわなと震えている。

「恥ずかしい女だねえ」

「ああ……渚……変態になっちゃった……ご主人様のせいよ」

恨めしげに言い捨てると、すべてを吸い込むようにすっぽりと唇を被せてきた。

「ごめんよ、渚、僕の変態性の犠牲にして」

本当は浩のせいではない。渚がネイティブドMなだけなのに。それでも相手を思いやり、逃げ道を作ってやる。本当のサディストは女性に優しいのだ。

「あんっ……美味しい……渚のマン汁まみれのご主人様のオチ×ポ」

なにかが吹っ切れたのだろう。屈辱的な卑語に自ら陶酔したように、美人家政婦は剛直を懸命に吸い上げる。

へこんだ頬、閉じられた瞳、鼻腔から漏れ出す熱い息、恥辱に喘いでいるはずなのに、その表情は貪欲なメスを滲ませている。

「んんっ……あむっ……んぐぐっんんっ」

シャフト全体をリズミカルに緩急つけて吸い上げ、時には喉奥まで使う、そのテクニックは綾奈以上かもしれない。暴発の危険を感じた浩は口唇奴隷に命じる。

「こんどは根元から……」

「はい……」

縛られたまま正座して、横たわった相手にフェラを続けるのは、かなりの腹筋と背筋力がないと難しい。だが、渚はやすやすと股間に美貌を埋《うず》め、陰嚢からシャフトの根元まで丁寧に舌を這わせる。エロスのアスリートだ。

「気持ち……はあっ……いいですか?」

幹の裏側をねっとりと舐め上げ、自らの愛液に甘い唾液を混ぜてくる。

そのけなげな表情にやられてしまう。本当は、恥辱の涙を流させるはずが、相手はそれがご褒美であるかのように、恥刑で喜悦の涙を滲ませている。

どんな侮蔑を与えても、すべて悦楽に変えてしまう。想像もできない化学反応。

先人たちが築いてきた闇深く美しい沼。その沼の底で浩は被虐性を湛えた女性の奥深さを思い知らされていた。

「あふっ……ここに、渚のマン汁がいっぱいくっついてる……綺麗にしなくちゃ」

雁の裏側にたまった愛液を、舌先で丁寧に拭っていく愛奴。

サバサバ系のマニッシュな美女が、今はサキュバスに変わったようだ。鈴の音までもが彼女を称える音楽のように思える。

シャフトの、そして陰嚢の隅々までもが、被虐の女淫魔が吐き出す甘い唾液にコーティングされてしまった。

「ううっ……もう、たまらない。もう一度、上から……」

再度、騎乗位になることを命じる。そうでもしなければいじらしい愛奴の口の中で暴発してしまい、絶頂を与えられなくなる。それはあまりに可哀そうだ。

裏稼業を暴きに来たスパイなのに不思議な話だが、この男は優しさと思いやりと変態性欲でできているので仕方がない。

9

「ああんっ……うれしいっ！」

いそいそと身体を起こし、再び逞しい屹立をまたぐ渚。わずかにピンクの舌が唇の端を舐めたのは、口舌奉仕で流れ出した唾液をぬぐったのだろうが、浩にはそれが獰猛な女豹の舌なめずりのようにも見えた。

「ああんっ……やっぱり、こっちがいいです」

再びリンボーダンスのポーズを取った渚は、ゆっくりと秘唇で屹立の先端を呑み込んでいく。

「くううっ……ふううんっ……」

愛液と唾液が溶け合ったローションのためだろうか、さっきよりもなめらかな挿入だ。だが、甘く凶暴な締めつけはまったく変わらないどころか、屈辱的な奉仕の復讐のように猛々しさを増している。

「あふうっ……たまらないのっ……ご主人様の……オチ×ポっ」

頤《おとがい》をのけ反らせ、髪を振り立てると鈴が共鳴する。

あっという間に渚はしりもちをつき、存分にその肉棒を堪能しようとする。

前後左右に動くたびに、浩のシャフトは熱い蜜に溶かされていく。きゅんきゅんとした締めつけ、そして最奥部の数の子天井。

「お願いです……もっと……渚のことめちゃくちゃにしてください。何でも……何でもいうこと聞きますからぁっ」

なんという至福！　金の力でそういったプレイをすることはできるかもしれない。だが、今自分に串刺しにされているのは、精悍な美女スパイなのだ。それが完全屈服し、秘園から蜜を溢れさせ、腰を振りながら服従を誓っている。

「本当だな」

胸が破裂しそうなほどの興奮を隠して、ぐいっと突き上げてやる。

「はいっ……だからもっと突いてください」

「絶対服従だぞ」

ぐいっと一突き、ぐいぐいっと二突き。

「きゃうんっ……はいっ……絶対服従する、エッチな奴隷になりますから」

その言葉を聞いてはもうたまらない。

浩は下から腰を振り、強烈なラッシュに入る。

それにこたえて自らも上下に身体をうねらせる渚。

危険な蜜壺爆撃と、硬く熱い対空砲。一時休戦していたバトルが再開され、悲鳴と喘ぎとうめき声、湿った摩擦音と鈴の音。淫らで美しく、愛に満ちた大混戦が、ベッドの上で展開される。

「あひいっ……あんっ……今度は……ちゃんとイカせてください」

「まったく、とんだ変態家政婦さんだ」

浩の頭を老けづくりでクマのエプロンと三角巾をつけた、地味目の家政婦さんがよぎった。自分を秘園で包んでいる妖艶でマゾヒスティックなビーナスとのギャップが、肉棒をさらに痺れさせる。

「意地悪言わないでぇ……あううっ……すごくいいの……あひいっ……」

さらに高速化する蜜壺の絨毯爆撃と肉の高射砲。甘くて熾烈な戦闘の中で、嗜虐と被虐、支配と服従、二つの魂が溶け合っていく。

「イキたいですっ！　イッても……イッてもいいですか？」

首を傾けて愛らしく尋ねる堕天使。浩にはその背中から羽が生えているように見えた。

「ああっ……ぼくももう、腰が溶けそうだ」

「イクッ、イクッイクイクイクイクッ………イッグうううううっ」

しなやかに裸身がのけぞり、背中の羽が高らかな祝福の鐘音とともに堕天使を天上への飛翔に導いていく。

渚が痙攣を始めるのと同時に、浩の腰も爆発して感覚を失っていた。

「ふにゃん……すごく意地悪で……すごく気持ちよかった」

上体を前に倒し、浩の胸にぴったりとバストをつけた渚は、とろけるような声で囁いた。

「これははずしてあげようね」

乳首に装着された鈴を優しくはずす浩は、渚のあまりのいじらしさに微笑を浮かべていた。

交わされる濃厚なディープキス。

激しい戦闘が展開されていたベッドが、今は甘い睦み合いの場に変わっている。

「でも縄はそのままだ」

隷属の象徴である縄が解かれることはなく、生贄もそれを望んではいない。

「まさか潜り込んできたスパイがこんなにスケベなドMだったとはね」

「だって、だってぇ」

ぷうっと頬を膨らませて甘える表情がたまらない。

「ご主人様が……ロープにあんなお薬を塗るから……だから、渚おかしくなっちゃったの……本当はこんなエッチな女の子じゃないもん」

「ふふっ、あははっあはははっ！」

吹き出す浩を渚はいぶかし気に見つめる。

「何がおかしいの？」

「だって、あれ、ただの乳液だもん。もしかしてと思って試してみたら……いやプラセボってホントにあるんだなあって」

偽薬効果。プラセボと呼ばれるそれは、医薬品のテストで使われる偽物のことだ。人の心理とは不思議なもので、「よく効く薬だから」といって渡されると、気持ちが身体に影響して、本当に症状が改善することがある。要するに媚薬はフェイクだったのだ。

「そ、そんな……じゃあ、私があんなに感じたのって」

「まあ、渚がほんとうに変態なドスケベマゾだったってことだね」

「いやあああっ！」

悲鳴をあげながら、美女スパイは再び秘園から果汁を滲ませていた。

第四章　メイドとナースのダブル開脚

1

「あんた、いったいいつまでここにいるつもりなの？」

「なによっ、なぎねえなんて私の部屋にあとから入り込んできて。早く出てって、厚かましいんだから！」

調教ルームで、かしましい諍《いさか》いが起きている。声の主《ぬし》は「女子大生・田中さん」こと佐倉綾奈と、「家政婦・鈴木さん」こと佐倉渚の美人姉妹だ。

末っ子の綾奈が囚われて以来、部屋の中には、美顔器や化粧品の類が増えた。大学を休ませるわけにはいかないという浩の意向で、リモートの授業まで受けている。

「セックスよりも学び。それが学生の本分だ。それに綾奈の才能を伸ばさないのはもったいないからね」

ご主人様はどこまでも寛大だった。

そして、この部屋に次女の渚が放り込まれたのは一週間ほど前のこと。それ以降は、貴重な水瀬SMコレクションの多くが搬入されている。神棚のように掲げられていた緊縛美女のパネルもいっしょだ。

そしてもとからあった数々の淫具や調教ツール。

地下室は調教ルームなのか、ホテルなのか、エステなのか、秘宝館なのか、もはやわけがわからなくなっている。

「そもそもなんで捕まってんのよ。バカじゃないの?」

つっかかる姉が身に着けているのは、超ミニスカのナース服。クマさんエプロンの数百倍セクシーだ。

「だって、薬で眠らされて、そのあとはまた目隠しでここまで……全部、ご主……水瀬のせいだもん」

大きな瞳の短髪美少女は唇を尖らせる。

「なぎねえはどうなのよ」

問い返す妹は、やはり超ミニのメイド服をまとっている。これもダサいリクルートスーツとは比べ物にならない。黒髪ショートカットに白いカチューシャが似合っている。

「私は、隙を突かれてあっというまに縛られて……やっぱり、ご主……じゃなかった水瀬が悪いの」

渚がもごもごと言い訳をした。

「こんなところに監禁されたって、あんたの腕なら簡単に脱出できるでしょ！」

「それはおねえだっていっしょじゃん。なんで脱出しないのよ？」

凄腕シークレットエージェントの二人なら、相手がいくら厳重だと思っていても、ちょちょいのちょいで脱出できるはずだ。

「だって……」

「そう、だって……」

「ねえ」

最後の「ねえ」が見事にハモった。

（こんないいところ、離れられるわけない）

その本心が込められた「ねえ」だ。

インターネットはもちろん、ケーブルテレビやホームシアター、健康器具や美容器具、何でも揃っている。しかも豪華な食事つき。ときにはデリバリーばかりじゃ体に悪いからと、浩自ら達者な手料理をふるまってくれる。

欲しいものがあれば、ねだれば何でも買ってくれる。

しかもだ！　一言魔法の呪文を唱えれば、天国のような地獄の調教が施される。

三食昼寝娯楽つき、そしてなにより調教付き。Mっ娘姉妹にとってこんな楽園はなかった。

「ったく、なにが薬で眠らされたよ。そんなの見破れるでしょ」

「ふいに縛られた？　格闘技全部プロ並みなのに、絶対勝てるじゃん」

愛らしいメイドと妖艶なナースはぶつぶつと嫌味な独り言をぶつけ合う。

その時、ドアが開く音がした。

「あ、ご主人様だ！」

美しい愛奴たちの嬉しそうな声が再びハモった。

2

「ご主人様、おかえりなさいませ」

フロアに正座し、床に額をつけて迎えてくれたのは、愛らしさ爆発のメイドと、お色気炸裂のナース。もう、いるだけであたりにエロスの虹がかかっている。

（すごく可愛くて、嬉しいんだけど……でもなあ）

「ただいま……っていうか、まだいたんだね。やっぱり」

「だって、私たち監禁されてるから」

「いや、もう、鍵かけてないけど」

「そんなの物騒です。誰かが入ってきて私たちが犯されちゃったらどうするの？」

（それは内鍵をかけてれば……）

きらきらした眼で見上げてくる美女二人。浩はほとほと困り果てていた。

「お願いです、ご主人様、渚さんだけでも帰してあげて」

「あら、だめよ。手ぶらのまま組織に帰ったら、どんなひどい目にあわされるか。それよりも綾奈ちゃんだけでも」

二人は姉妹であることを浩に明かしていない。シークレットエージェントは横のつながりを知られてはならない。あくまで独立した細胞として動き、つぶされても決して仲間に影響を与えない。それが掟なのだ。

「私だって、手ぶらで戻るわけにはいかないわ」

美しい細胞たちは、互いを思いやるふりで、支配者を独占しようとしている。

(手ぶらじゃ帰れないって、ヤクザか税務署みたいだな)

トロイの木馬が二基に増えたのは自分のせいだ。さすがに別々の場所ではお世話に手間がかかりすぎる。

「それに、今の状態で戻ったら、どうしたって例のドラッグの存在を報告しなくちゃ。だって私たちもプロだもの」

「そう、とてもいいものかもしれないけど、違法は違法。ご主人様の夢なんでしょ?『ハッピーアワー』を合法的に広めること。その邪魔はしたくないけど」

浩が扱うドラッグは、健康に害がなく、中毒性もない。酒やタバコよりもよほど社会のためになるものだ。種痘や抗生物質が世界を変えたように、世界中に広がる心の病をいやす可能性を秘めている。それを合法的に広めるには、社会的なポジションを上げ、影響力を持たねば。

表では経営者として頭角を現す一方、「今苦しんでいる人々」を救うために裏稼業も手掛けているのが、水瀬浩の現在地だった。

「うん、まあ」

今後渡らねばならない、いくつもの川。ロビー活動、草の根運動、正義が勝つには時間がかかる。だが、心の病で命の危機を迎えている人はこうしている間にも増えていく。

今、それを暴かれるわけにはいかない。可愛い愛奴たちは、敵でもあった。

「ああ、いったいどうすれば……」

部屋に入りソファに掛けた浩は頭を抱えてふさぎ込んだ。

「そんなに、苦しまないでください」

「そうだ、せめて私をうんと虐めて、ストレスを発散してください」

「だめ、綾奈ちゃんはまだ学生でしょう？　こんな子供よりも、私を虐めてください」

「だって、おばさんより若い女のほうがいいでしょう？」

キラッキラの双眸が二対、めらめらと対抗心を秘めて燃えている。

「いや……そういうわけにも……」

彼女たちは正義のために動いている。普通より抜群に美しく、ちょっとだけエッチかもしれないが、何の罪もない。

「僕は変態性欲だけ強くて、誰の役にも立てない、本当にダメな人間だ」

水瀬浩がダメ人間なら、この世にまっとうな人間などほとんどいなくなる。

「自分を責めないで」

「そう、何がノーマルで何が変態かなんて、相対的なものでしかないでしょ」

慰めどころが間違っている感は否めないが、愛奴たちは真剣だった。

「それに」

「ご主人様は」

二対の美しい双眸が交差する。

「本当はいい人なんだから！」

三回目のハモりに、心の器がまたもおちょこサイズに。

〝田中さん〟と〝鈴木さん〟は魔法の呪文を完璧に会得してしまったようだ。

「なんだと〜！」

3

ソファにどっかりと掛けた水瀬浩の目の前一メートル。床の上に淫らなM字が二つ、描き出されている。

「ああん……こんなの……恥ずかしい……」

白黒のオーソドックスなメイド服。膝を立てて拡げた美脚の中心、M字のボトムには本来あるべき下着がなかった。

「あ～あ～、スケベマ×コが丸出しじゃないか」

「やあん、見ないでください……」

十八歳の美少女メイドは、ショートカットの愛らしい美貌を振りながら鼻を鳴らしている。カチューシャのせいで可愛さ倍増だ。

「ひどいです……二人並べてなんて……」

薄いピンクの制服を着た二十五歳のナースも、甘い抗議の声をあげる。

艶のあるカモシカのような脚。その付け根にもやはりあるべき薄布がない。

二人そろって、パンティは片脚からはずされ膝のあたりに掛けられたままだ。

綾奈のそれは純白のシルク、渚のものはナース服と同じ薄桃のサテン。完全に剝ぎ取られたのではなく、中途半端に残されているのが逆に淫靡だ。

「ほら、ちゃんと見せろ」

「ああん……」

「……はい……」

美しい牝奴隷たちは、膝の内側に両手をあて、羞恥に耐えながら精一杯美脚を拡げる。ブラウンのセミロングがふわりと揺れて華やかな美貌が唇を嚙むと、その隣では黒髪ショートボブの美少女が、可憐な唇から屈辱の吐息を吐き出した。

極上の若き美女たち。メイド服とナース姿のままで、下半身だけを露出して、大きく広げたM字の奥で恥華をさらけ出している。この世のものとは思えないほど、淫らでいじらしく美しい光景だ。

「はああっ……ご主人様に見られてるだけで、綾奈、おかしくなっちゃいます」

「あうんっ……渚もですぅ」

まだ、触ってもいないのに美女たちが喘ぐのには理由がある。

「ちゃんと、正面から目を離すんじゃないぞ」

「いやあんっ……それが一番恥ずかしいのに」

悲鳴をあげながらも、真正面の壁を見つめる、二対の双眸。その先には信じがたい映像が投射されていた。

浩がセットしたカメラからＰＣとプロジェクター経由で壁面に映し出されているのは、自分たち自身のライブ映像なのだ。

恥部をあられもなく晒しながら、その姿を自分自身で見つめなくてはならない。狂気を帯びた羞恥。それが残酷で甘美な毒となって、二つの貴石を蝕《むしば》んでいく。

「どうなってる」

「ああっ……渚の……すけべなオマ×コが、丸見えです……恥ずかしいっ」

妖艶なナースの悲鳴。

「綾奈のオマ×コも……あんなに大きく見えてるぅっ、渚さん、見ないで」

可憐なメイドの身悶えする姿。

それでも姉妹であることを隠しつづけようとするのがプロである証左だった。

(なんて眺めだ)

浩は内心で舌を巻いている。そこいらのモデルや女優など裸足で逃げ出しそうな美女二人が、エキセントリックなコスプレで股を拡げ、秘園をさらけ出している。しかもその姿を自分自身で眺めながら。

叢《くさむら》はわずかに渚のほうが濃いだろうか。対照的に花弁は綾奈のほうがいくぶんぽってりと肉厚だ。いずれにしても、極上の花二輪であることに変わりはない。

「もっとだよ。自分で拡げてみろ。両手の指を使ってな」

自分の冷酷さに自分で驚いてしまう。だが、これだけの被虐美を見せられて、自制できるSなどいるわけがない。奇妙な言い訳を浮かべながら、嗜虐者になりきる浩。

「奥の奥まで見せろよ」

「いやあっ！　そんなこと」

「恥ずかしくて死んじゃう」

「そうか、じゃあ、もう虐めてやらないけどいいんだな」

「それは……それは……だめ」

「それは……もっといや」

かぶりを振ったマゾ娘たちは、結局甘美な降伏を選択してしまう。

（うわ〜、たまらない）

美女たちが心折られてさらに深い痴辱の奈落へ転落していく、その表情がS心をビンビンに刺激する。ギンギンの逸物が危うく暴発しそうになるのを抑えるのに必死だ。

「やああん……恥ずかしくて……」

「死んじゃいたいくらい……」

可憐なメイドと、妖艶なナースは、それぞれ大きく拡げた美脚の付け根にある秘華に両手を添えた。

「こ、こんなことさせるなんて……」

「ご主人様の……意地悪」

震える指先が、それぞれの双弁を割り拡げ、ピンクの粘膜をむき出しにした。

「恥ずかしいっ！」

羞恥の悲鳴。ソプラノのデュエットが調教ルームに響き渡る。

その間も、愛奴たちはスクリーンから目を背けることは許されない。

自分の、そして姉妹の蜜粘膜を見つめていなくてはならないのだ。

「恥ずかしすぎて……感じちゃう」

二十五歳のナースが長身をひくつかせる。

「こんなの……我慢できない」

十八歳のショートカットメイドは、ピンクの吐息を漏らした。

「おいおい、どういうことだよ」

むき出しになった二つの小陰唇。その上部に息づく木の芽が少し勃起していることを、浩は見逃さなかった。

「もう、クリトリスが大きくなってるじゃないか。どうしようもないスケベ女どもだ」

「はい……私たち、どうしようもないスケベで……」

「どうしようもない……へ、変態奴隷なんです」

マゾ娘たちが、美しい半裸をくねらせる。粘り気さえ感じるほどに濃厚な被虐の霧が、スクリーンからも噴き出してくるようだ。

「してみろ」

何をと明示する必要さえない。言葉が終わらないうちに、ビーナスたちはその行為を始めた。

「あっはああ……」

綾奈の指先が外弁をなぞったかと思うと、すぐに内側の湿肉を弄《もてあそ》びはじめる。

「くううんっ」

おしゃれ番長も、一匹のメスになりきり媚肉の内側に細い指を挿入している。

「なんて……エッチなの」

「綾奈さん……見ないで」

双眸はスクリーンに注がれたまま。視覚情報が官能を増幅し、それが指先をさらに激しく動かしている。そしてまた、その姿が脳天を溶かしていく。二人は羞恥と喜悦の無限ループに入り込んでいるようだ。

「やあん、もう我慢できない」

ナース服の前ボタンをはずし、ブラジャーからロケットバストをこぼれさせて、渚がその先端を摘まみはじめる。一方が秘園へ、一方が鈴で嬲られたバストトップへ。

「ああっ……すごくいいの」

淫らなピアニストのように指先が連動している。

「ああっ……渚さんだけ、ずるい」

綾奈までもがメイド服のリボンをはずし、コルセット上の紐をじれったそうにほどいていく。カチューシャまでもが快楽の邪魔だと言わんばかりに投げ捨てられ、両袖を抜き取った上半身が現れた。

「私も……」

ブラの下から張りのあるバストに指が伸びる。一つはクリトリスへ、一つは乳首へ、複雑に連携する両手の指先。

「はあううっ……たまらないの」

「くうふうっ……あひいっ……綾奈もすごく感じてます」

二人はスクリーンに映った自らの痴態と支配者の目を交互にねっとりと溶けた瞳で見つめている。

着乱したメイド服から立ち昇る淫らな陽炎《かげろう》。

ピンクのナース服は、妖しく、いじらしいミストに包まれて、ピンクの濃さを増している。

「はあんっ……ご主人様……私たちの」

「すけべなオナニー……もっと見てください」

被虐のピアニストたち。アドリブの連弾は、エロスの調べを奏でていた。

「あひいっ……ご主人様に見られていると……」

「すごく感じて……どんどんエッチになっちゃいます」

いつのまにかそれぞれの中指は蜜洞の中に入り込み、親指がクリトリスを軽くタッチする。二人の方法が瓜二つなのが姉妹ゆえだということに浩は気づかない。無理はない。それぞれが際立った美しさだが、愛くるしいパンジーのような可憐さと精悍《せいかん》でひまわりのような華やかさ、美貌のタイプが違っているのだ。

「あんっはううっ」

綾奈のメイド服は腰のあたりにまとわりつくだけで、ほぼ衣服としての用をなしていない。それは、渚のナース服も同じだった。

申し訳程度にまとったコスプレの残骸が、かえって淫らさを強調している。

「ああんっ……もう、指だけじゃ我慢できない……」

「私も……」

鼻を鳴らして、愛らしくねだる愛おしいペットたち。

今すぐ抱きしめて、頭を撫でてやりたい衝動を必死に抑え込んで、浩はサディストの仮面をかぶりつづける。

「何が欲しい、言ってみろ」

「はあんっ……意地悪……」

「すごく……恥ずかしいのに……」

「言ってくれないとわからないな。なにしろこちとら裏稼業で世間の常識とは違う世界で生きている。正義のヒロインさまたちとは、価値観が違うからな」

自分でも見得の切り方が違うような気はするが仕方がない。

「やんっ……ご主人様の……」

「おチ×チン……おチ×チンをくださいっ」

いじらしい割台詞。言い終えて、すねたように頰を膨らませる表情がたまらない。

4

「そうか、こんなにこいつが欲しいか？」

浩はあっという間に全裸になった。

股間で隆々とそびえたつ逸物に愛奴たちの溶けたようなまなざしが注がれ、こくんと唾を呑み込む音が聞こえた。

「欲しい……」

「欲しいです」

美女たちがそれに頬ずりしようとするのを手のひらで制する。

「まったく、手に負えないスケベ女どもだ」

「ああん、なんて呼ばれてもかまいません」

可憐メイドが泣きそうな表情で訴える。

「だって、本当にスケベ女なんですもの」

妖艶ナースもまた甘えるように鼻を鳴らした。

「私たち……本当に……オチ×ポいただけるなら何でもします」

「はい、どんなことでも言うことを聞きますから」

これまで幾度この言葉を紡がせただろう。

こちらを仰ぎ見る美女たちの表情には、切実な願望とともに、卑語を口にしたり、シャフトへの濃厚奉仕の末に貫いてもらえるだろうという、わずかな「予定調和」への期待が透けて見える、気がした。

「本当に、何でもだな？」

「は、はい」

「絶対にどんなことでもだな」

「はい、どんなことでも」

言質はとった。

「それじゃあ、二人でレズってみろ」

これまで愛奴に告げたなかで、最も狂った言葉を、一番冷たいトーンで突きつけた。

「え、今なんて……」

淫乱奴隷たちの想像力もそこには及ばなかったようだ。

「女同士、おれの目の前で愛し合え。相手を先にイカせたほうに入れてやるよ」

これまでになくうろたえる美少女メイドと美人ナース。

「そ、そんな……」

「それは……それだけは……ねえ？」

視線を交わし合う二人。困惑の様が浩には痛快だった。

縛って嬲る、尻穴まで奉仕させる、そして今のような強制自慰、どんな要求を突きつけても、どちらかといえばご褒美とばかりに喜んで受け入れてきた愛奴たちが、今回ばかりは煩悶している。

「捕えられた、美女スパイ同士が、同性愛を強《し》いられる。最高じゃないか」

『水瀬コレクション』、渚がそう名づけたコレクションの中にも強制レズのコンテンツはいくつも含まれている。

それらは、浩の大好物なのだ。

「まあ、本当はそれが実の姉妹だったりすると最高なんだが、そこまで贅沢は言わないよ」

無知というのは恐ろしい。

本当は姉妹なのだとは、綾奈も渚も口に出せない。スパイの掟を破ってしまう。

「お願いです。ほかのことなら何でもしますから……それだけは……」

「女同士なんて……そんな恥ずかしいこと」

本当の理由は別だが、メイドとナースは必死に懇願してきた。

「レズバージンを守り通すか、それともこいつで突かれるか？　どっちを取る」

熱くたぎるシャフトで二つの整った鼻梁を突いてやる。

「ああんっ……この匂い」

「たまらないの……」

カウパーの匂いが、メスの衝動を掻き立てたようだ。

「渚さん……」

何かを決意したように、綾奈は大きな瞳で渚を見つめた。タブーへの恐れと、禁断の川を渡ることへのかすかな期待、そしてその先に待つご褒美への欲求が入り混じって潤んでいる。

「ちょ、ちょっと待って、綾奈ちゃん」

セクシーナースが、手のひらをむけて可憐なメイドを制止しようとする。

「どうした、渚。これが欲しくないのか?」

もう一度、鼻先と唇を剛直の先端で突かれる。強烈なオスのフェロモン、優しいサディストの匂いに、セクシーナースはくらりとしたように見える。

「だって……私たちここまで堕ちたんだもの……もう、引き返せないわ」

すっかりその気になった綾奈が潤んだ瞳を近づけながら、渚の秘園に指を這わせた。

「渚さんだって……こんなに」

綾奈が二人の間に掲げた指先には、透明な蜜がたっぷりと絡みついている。

「ああっだめえぇ」

言う間もなく、綾奈はその指を口に含んでチューチューと吸い上げていた。もう、瞳は人格が変わったように、淫らでアブノーマルな光を浮かべている。

(すげえや、この展開)

これまでに見たどんなレズシーンよりも、美しく淫らで背徳的だ。

「ああん……綾奈ちゃん」

レスボスの催眠術は渚までも支配してしまったようだ。

ゆっくりと綾奈の美貌に顔を近づけていく。

メイドとナース。接近する二つの美貌。交わる視線。二人とも乳首が硬く尖り、花園は潤みきって、床に小さな池さえできそうだ。

「渚さん……」

綾奈が唇から指を外した。

「ああ……いけない子」

陶酔したナース渚が、妹の唾液と自らの愛液に濡れ光るその指をついに口に含んだ。

「もう……引き返せないのね」

「二人で、堕ちていきましょう……どこまでも」

触れ合う二つの唇。幾度か軽いタッチで交わされたキス。

いったん唇を離した二人は十秒近く、互いの瞳を覗き込み合った。

堕ちていく決意を確かめる視線の交錯。

「綺麗だよ。二人とも。タブーを犯す女は美しい」

夢見ていた以上の美しいレズライブに陶酔した嗜虐者は、呆けたように言った。

5

「渚さん」

「綾奈ちゃん」

半開きになった唇が重ねられ、舌先が互いの中に入り込む。

「あむっ……」

「はあっ……」

舌と舌が絡み合い、それを吸い合う美メイドと艶ナース。甘い唾液の糸が互いの唇を結ぶ。蜜の橋は、キラキラとしたエロスと、ねっとりと濃い禁忌の色に光っている。

「渚さんの唾……すごく甘い」

「綾奈ちゃんだって……とても美味しいわ」

メイドとナース。ピンクの息と唾液が混じり合い、二つの唇からピンクの湿った破裂音が滲み出す。

うっとりと瞳を溶かし、唾液を交換する美女二人。

(うわあぁ……こんな美しいものが)

スクリーンには、幻のようなキスシーンが投影されている。二人はときおり、その画面を横目で見ては、自らの陶酔を高めているようだ。

「これも、取っちゃっていい？」

「ええ、わたしだけだと恥ずかしいから、渚さんも脱がしちゃおうっと」

妖しい微笑を浮かべたシークレットエージェントたちは、浩が命じなくても最後に残った衣服の残骸を優しくはずし合った。

生まれたままの姿になったビーナスが二人。地下の調教ルームで神々《こうごう》しい光を放って絡み合っている。

渚が綾奈の首に、綾奈が渚の腰に腕を絡めて唇を吸い合う。

「あんっ……乳首が当たっちゃう」

「こりこりになってるわよ、綾奈ちゃんの」

「やんっ……渚さんだって……」

二対の双丘が押しつけ合って柔らかく形を変えている。その頂点では敏感なバストトップ同士が互いを刺激し合っている。

「ああんっ……おっぱい全体に」

「気持ちいい波が広がっていくね」

うっとりとした表情で、同じ思いを告げる二人。

(なんだ、これは……)

「淫ら」などという言葉では表せない、崇高なまでの美しさを湛《たた》えた光景だった。

十八歳と、二十五歳。黒髪ショートの可憐な美少女と、ダークブラウンセミロングの鮮やかな美女、二人の妖精がキラキラとした光粒を振りまきながら、ときにはじゃれるように、ときにはダンスを踊るように、絡み合い、視線を溶かし合う。

人は想像を超えたエロスを目の当たりにすると、興奮を通り越して、泣いてしまうことを浩は初めて知った。

(こんなことって)

一つに溶け合っていく愛奴たちに、祈りと感謝を捧げたいほど、性と生、そして聖の圧倒的なきらめきを感じている。

美しく妖しいレスボスの輝き、その前に全裸で立ち尽くし、剛直を昂らせながら涙を浮かべる三十代の男。

異常だが、人間の原初の情動がさらけ出された美しい光景だ。

「渚さん、大好き」

ふだんは生意気な憎まれ口を叩く妹が、姉への思慕を素直に口に出す。

「私もよ、綾奈ちゃん」

妹と喧嘩ばかりしている姉も、今は愛と慈しみを言葉にした。

優しく冷酷な支配者の命令のおかげだ。

「気持ちよくなって」

綾奈がゆっくりと渚を床に倒すと、仰臥しても崩れることのないバストトップに唇をつけた。

「あ……そんなの……」

だめと告げようとした語尾は、優しい舌の動きで封じ込められる。

「可愛い、渚さんの乳首」

大きな瞳が上目遣いで、渚の喘ぎを見やる。チロチロと舌を使うたびに、相手が声を漏らしのけ反るのを楽しんでいるようだ。

「ああんっ……綾奈ちゃん、そんなふうにしたら……」

妹のショートヘアを優しく撫でながら、伸びやかな肢体をくねらせ、熱い息を吐く渚。きりりとした美貌が、今は背徳の行為に酔っている。

「ふふっ」

いたずらっぽく口角を上げた綾奈が、その蕾に軽く甘噛みを加えた。

「あううんっ！」

均整の取れた裸身が若鮎のようにビクンっと跳ねる。

「もう、感じやすいんだから」

年下の綾奈のほうがすっかり主導権を握っているのを、浩は少し不思議な気持ちで見ていた。普通は年上のほうがリードするのではないか？

いや、おそらく見た目とは違い、綾奈のほうが貪欲《どんよく》で気が強く、精悍な美貌の渚のほうがピュアな女の子なのだ。

これがあるからアブノーマルセックスは面白い。

「ここも、可愛がってあげる」

双丘を愛した唇は、山麓から引き締まったウエストにキスを注ぎながら降りて、美脚の間に位置する花園に到達した。

綾奈が渚の美脚の間にうつぶせになるかたちだ。

「いやあっ……恥ずかしい」

さすがにそこを両手で覆い、唇の侵入を拒もうとする渚。

「隠すんじゃない。綾奈に愛してもらえ」

これまでは口さえ挟むことができなかったご主人様だが、初めて指示を出した。あまりに崇高な眺めに放心していたが、もう焦らされることに耐えられなかったのだ。

「は、はい……ご主人様……」

「いい子ね」

いつのまにかマウントを取った妹に、姉はけなげに頷いた。

「わあ〜すごく濡れてる。とても綺麗よ。渚さん」

からかうように放った言葉は、ふだん喧嘩ばかりしてじゃれ合っている相手への意趣返しだろうか。

「ちゅっ、ちゅっ」

太腿の内側への軽いキスのあと、美少女は姉の下半身の唇とキスを交わした。

「ああっ！　ダメえ」

強いられた自慰で濡れそぼり膣口が開いたそこに、同性それも実の妹から愛撫を受けるなど狂気の沙汰だ。

「綾奈ちゃんの意地悪」

甘く鼻にかかった抗議は、その狂気の沼に渚が自ら沈みつつあることを示していた。

「あひいっ」

十八歳の舌先は、子猫がミルクを舐めるように、濡れた粘膜を小刻みに愛撫する。

「気持ちいい……でしょ？」

コクコクと声にならない声で頷《うなず》く渚だが、淫らな小悪魔は姉を嬲る快感に目覚めてしまったようだ。

「ちゃんと言わないと……もう、舐めてあげないから」

自分がこれまで幾度となく受けてきた焦らし責めを、自ら姉に与えようとしている。

「気持ち……いいです」

責められる姉はいつしか妹に敬語を使っていた。

「どこのことか、ちゃんと言って」

見つめるアーモンド形の瞳に、少しサディスティックな色が浮かぶ。

「やあんっ……オマ×コ……オマ×コ舐められると気持ちよくって狂っちゃう」

その言葉が終わらないうちに、舌先のバイブレーションがスピードを上げた。

「あううっ……あ、綾奈ちゃんっ」

悲鳴をよそに、美少女の舌は小花弁の上で淫らに勃起した肉芽へと注がれる。

薄皮をむき、先端でフェザータッチのスタッカート。

「あひいいっ」

艶めかしい楽器は、一番デリケートな鍵を弾かれたことで透き通った高音を奏でた。

「あら、まだ大きく、硬くなっちゃうのね……いやらしい」

「そんなこと……言わないで……ください」

上下関係が逆転した姉妹は、調教とも睦み合いともつかない禁忌の絆《きずな》で結ばれている。

「あんっ……だめえっ」

クリトリスを吸い上げられた渚はこれまでで最も高い悲鳴をあげ、淫矢で貫かれたように、全身をのけ反らせる。

「いってもいいのよ」

辱《はずかし》めるような、愛おしむような言葉に、美しい姉は唇を嚙んで耐えている。

「だめ……だって……私だけなんて……綾奈さんのも舐めたい」

「え、それは……」

綾奈は、一瞬、困惑した表情で支配者を仰ぎ見た。

「舐めてもらいなさい。渚がお礼をしたがっている」

「は、はい……」

不安そうに返事をすると、渚の花園に唇をつけたまま、裸身を時計の針のように回転させ、自らの花園を渚の顔の上に移動させた。

「すごく……きれい……綾奈ちゃんのオマ×コ」

全身が蕩けきった姉は、ためらいもなく卑語を口にした。

姉が下、妹が上。禁断のシックスナインだ。

(す、すごい)

浩はあまりに美しく淫らなタブーに呆然としている。

確かにレズ行為を命じはしたが、軽くキスの一つもさせて辱め、その痴態を嘲弄《ちようろう》しながら貫くつもりだった。だが、被虐のビーナスたちは、そんな思いを軽々と越えてきた。

圧倒的な美しさの前に息を呑むしかない。

「ちゅっちゅっ」

綾奈のはつらつとした太腿にキスを注ぐ音がした。

「ああっ……そこは」

首を持ち上げた渚が、上から覆いかぶさる綾奈の花弁に舌を伸ばしている。

「はうんんっ」

「綾奈ちゃんのお汁も、美味しいわ」

ピンクの舌が艶めかしく、凶悪に動きはじめる。それはお礼というより、反撃のニュアンスが強い動きだ。

「あっだめぇ」

綾奈も甘い反撃を封じるように、渚の秘園に美貌を埋《うず》める。

「あううっ！」

「はああんっ」

自らの尾を呑み込んで輪をつくるギリシア神話の蛇、ウロボロスのようにつながった美姉妹。秘園で受けた喜悦を、自らの舌先を通じて相手に注ぎ返す。愛情と悦楽の連鎖が、裸身のリングを駆け巡っていく。

「渚さん……」

「綾奈ちゃん……」

ときおり、秘園から美貌をはずし、互いの名を呼び交わす。その唇は互いの淫粘膜のしたたりに濡れている。

（す、すごいことに）

浩の呆然自失は終わらない。

「大好き」

「私も」

美女たちはすでに支配者のことなど忘れたかのように、悦楽の粒子を受けては加速させて相手に送り込む、官能のルーレットを回しつづけている。

ボールが落ちるのは、天国の赤か、奈落の黒か。いずれにしても喜悦の炎に灼《や》かれることは決まっている。美女たちはその運命をすべて受け入れようと互いに舌を使っている。

6

「よし、じゃあ、そろそろ入れてやろう。どっちからだ」

浩自身もう、我慢が効かなくなっている。二人が愛し合う姿に崇高な畏敬の念を抱き、涙まで滲ませたのは事実だ。だが、それとこれとは話が違う。心がどれだけ感動を覚えていても、シャフトはシャフトで出撃準備を万全に整えている。

「え？」

「ん？」

二人が同時にきょとんとした顔で浩を見上げた。

二人とも互いの愛撫に溺れてしまい、最終目的である支配者の剛直のことが頭から消えていたようだ。

「欲しいんだろう、これが」

精一杯、ご主人様としての威厳を保とうと、天突くシャフトを振り立てる。

「あ……はい」

「ほ……欲しいです」

明らかに「忘れていた感」が滲んでいる。

互いの愛撫があればそれでいい。レスボスの沼に堕ちた美女エージェントたちの表情には、そんな想いさえ浮かんでいるようにも見える。

(それはないだろう)

と浩は思う。まあ、レズを命じたのは自分なので自業自得ではあるのだが。

「そうやっていつまでも二人でよがっていればいい。その代わりこれからはこいつも、そして調教もいっさいなしだ」

気鋭の経営者のくせに、いじけた小学生のようなことを口にする。

「ああんっそんなのだめえ！」

「ご主人様に調教していただけないなんて……考えられない」

美女たちはやっと失うものの大きさに気づいたようだ。

淫微なシックスナインの体勢を解き、支配者の前に全裸で正座するふたり。

「どっちからだ？」

先に相手をイカせたほうに入れてやる、その約束のことなど三人とも忘れているようだ。

「渚から！　スケベなオマ×コ濡れぬれになっている渚から先に犯してください」

セミロングを揺らして、浩の右腿に頰ずりする姉。

「だめえ、綾奈からです。だって、ちゃんと命令どおりにレズろうとしたのは綾奈からだったでしょ？　だから」

短髪美少女は左腿にすがりつく。

（そう、これでなくちゃ）

内心ではにたにたしながらも、表向きは冷笑を浮かべなくてはならない。ご主人様もなかなかつらいのだ。

「じゃあ、渚からかな。だって、綾奈にいじめられてつらかったもんな」

「そ、そうなんです。綾奈ちゃんてすごく意地悪。きっと育ちが悪いんだわ」

勝ち誇った表情で妹を一瞥する渚。言っていることが無茶苦茶だ。

「ひどいわ」

それでも姉をいじめた自覚はあるのだろう。綾奈はしぶしぶ優先権を手放した。

「ご主人様、渚のことめちゃくちゃにしてください」

仰臥してM字に美脚を開く、さっきまで妹の舌を受け入れていた花弁が、愛液と唾液で濡れ光っている。

浩は長い脚の間に膝を突き、そのヒップを抱《かか》え上げるようにして、怒張の先端を花弁の間にゆっくりと挿入していく。

「はあっ……あううっ」

「ぬおおっ」

結合のイントロは、濡れきったソプラノとよく通るバリトンで奏でられた。

三分、五分、そして七分。ギンギンの剛直がトロトロの湿肉に侵入していく。

(やっぱりすごいや)

ねっとりとそしてぐいぐいと絡みついてくるどう猛な粘膜。妹の巧みな絶技によって感度が上がりきっているそこは、これまでにも増して鋭い反応を示した。

「すごい……熱くて……逞しくて」

「相変わらずスケベなマ×コだ」

「やあんっ……綾奈ちゃんの前でそんなこと言わないで」

ぐいっと、奥まで強烈なショットを叩き込む。

「あひいっ！」

「やっぱりご主人様のオチ×ポ、最高です。ご主人様がいないと渚、生きていけない」

かぶせた上体。浩の首にしなやかな腕を絡ませながら、二十五歳の妖精は喘いだ。

(さっきまで綾奈に夢中だったくせに)

お門違いのジェラシーをぐっと押し殺して、ゆっくりとストロークを始める浩。

ぬぷり、じゅくり。

淫猥な音を立てて、湿肉が剛直を呑み込み、吐き出す。

「はおおんっ」

頤《おとがい》をのけ反らせる姉を、十八歳の小悪魔がうらやましそうに見つめている。

「キスして……」

精悍な美貌がいじらしく懇願する。応えてやらねばご主人様失格だ。

舌を伸ばして、愛奴のそれにねっとりと絡める。半開きの唇には綾奈の甘い唾液が残っていた。

「いっぱい、突いてください。スケベで変態な渚に思いきりお仕置きして」

渚は、強制しなくても自らを貶めるまでに堕ちていた。

くいっ！　くいっ！

浅めのストロークをジャブのように繰り出す。

「あうっ、はあっ」

美しい対戦相手は、ノーガードですべての淫らなパンチを受け止める。

ストロークのすべてがヒットし、華やかな美貌が時にのけ反り時に左右に振られる。

淫蕩のサンドバッグだ。

「あんっ……もっと、もっと」

ジャブの連打から、今度は撃ち抜くようなストレート。その先端が蜜洞の奥深くを抉《えぐ》り込む。

「あひいいっ……」

美貌をがくがくと振り、唇の端からはキラキラ光る涎さえ垂らして、ビーナスは喘ぐ。

リズミカルなジャブの連打から、強烈なストレート、ときおり媚肉を貫くアングルを変えてフックやアッパーを交える。

「ううっ、すごいぞ、渚」

すべての打突は、ねっとりとした粘膜に絡みつかれ、襞が波打つようにシャフトを締め上げてくる。淫猥なクリンチに、攻撃しているはずの剛直までもがダメージを蓄積していく。

「あふううっ！」

最奥部までの深いストレート。そこに待ち受けていたのは、渚ならではの数の子天井。亀頭の上部がざらざらとした感触に痺れてしまう。

ノーガードの美女ボクサーは秘園の奥に強烈なクロスカウンターを隠していた。

「ぬおおっ！」

締めつけとざらつきに思わず声が出てしまう。

「はああっ……ご主人様、大好きっ」

溶け合い混じり合おうとするS心とM心。らせんを描くように昇りつめていく。

「ああんっいいなあ、渚さんばっかり」

このまま二人にゴールテープを切られては困るとばかりに、不満を訴えたのは短髪天使だ。

「あ……綾奈ちゃんは……私たちのこと見ながら……はうんっ……自分でしてて」

喘ぎながらもその潤んだ瞳には勝ち誇った光が浮かんでいる。

「そんなのだめえっ！」

可憐な天使が裸身をくねらせて、猛烈に抗議する。一歩も引かない決意がその表情に浮かんでいた。熱戦に割って入りブレイクを命じる美しいレフェリーがいた。

7

「じゃあ、綾奈はここを舐めろ。上手《じょうず》にできたらおまえにも入れてやるよ」

浩が指さしたのは結合部から見え隠れする濡れたシャフト。いわゆる「はめしろ」と呼ばれる部分だ。

「そ、そんな……」

あこがれのシャフトに貫かれて至福の喘ぎを漏らす渚、それに比べて自分は結合部に惨めな奉仕を注がされる。綾奈が不満の色を浮かべるのも無理はない。

「いやならいい。そのかわり、お前は犯してやらないぞ」

「そう、綾奈ちゃんはずっとおあずけ。ご主人様もっと突いてください」

あれほど妹の舌技に翻弄されていた渚が、優越感を言葉にする。

「だめえっ……」

再開されたストローク。美貌を床に着けるようにして、結合部に唇を寄せる。

「すごい……ご主人様のオチ×ポが……渚さんのオマ×コをぐいぐい抉ってる」

ぬちゃぬちゃという肉擦れ音、大量に溢れ出す愛液が綾奈の美貌を今にも濡らしそうだ。

「すごく気持ちいいのっ」

渚の喘ぎに嫉妬するように、綾奈はそのピンクの舌を出した。

「はむっあああ」

激しく上下する肉棒の付け根に、美貌を傾けて舌先を触れさせる。動く標的を何とかとらえようとするその表情は、飼い主に絶対の忠誠を誓う愛らしいペットのようだ。

「どうだ、うまいか」

「は……はい。美味しいです。ご主人様のオチ×ポについた渚さんのマン汁」

さっきまで直接吸っていた姉の愛液。それを肉棒経由で舐め取らねばならないことが屈辱であり、また被虐の魂を抉るのだろう。綾奈の表情に浮かんでいるのは嫌悪ではなく、陶酔だった。

「ほら、もっと舌を使えよ」

暴君はビーナスにストロークを打ち込みながら、妖精に命じた。

「はあんっ……ご主人様のオチ×ポ大好き……オチ×ポなしで生きられないの」

サバサバ系男前女子が、極限の屈服を口にする。

「あふ……すごく……美味しいです」

姉よりも屈辱的な行為に耽りながら、綾奈は懸命にはめしろに舌を使う。

それだけではない。激しく上下する肉棒だけをとらえるのが面倒とばかりに、渚の媚肉に、そして激しく揺れる浩の陰嚢にまで舌を這わせる。

「はあん……渚さんのオマ×コも、ご主人様のタマタマも……いっぱい舐めちゃう」

屈辱と悔しさがいつの間にか、奉仕の悦びに変わっているようだ。

パンパン、クチュクチュと響く交合の音。

「あんっ……オチ×ポで突かれるの最高！」

「すごく締めつけてくるぞ」

「はああっ……もっと舐めたいの」

肉音が刻むリズムに、混声三重唱が乗り、不思議な淫メロディが調教ルームを満たしていく。

渚の美脚はいつの間にか浩の腰を抱えるように絡みついている。通称「だいしゅきホールド」。愛の深さを身体がかってに表現している。

「おおおうっ……」

クールな経営者も獣のような叫びを放つ。

「ああんっ……もう、全部舐めたいの」

一人だけ取り残されることを恐れるように、可憐な十八歳ははしたなく舌を伸ばして、姉の裏門から媚肉、支配者のシャフトと陰嚢、さらにはその上の尻穴までを舐めまわす。

「はああっ……美味しい」

いじらしく、甘いエレベータ。その使い手は、姉のアナルにまで舌を這わせ、うっとりとした声を漏らした。まるでその行為だけが自分を世界につなぎとめてくれるよすがであるかのように。

「でも……本当は私も……」

それが禁じられた願いであるかのように、綾奈が首を振ったのを優しい嗜虐者は見逃さなかった。

「綾奈、おいで。渚、ごめんよ」

腰の動きを止めると、絡んだ美脚を優しくほどいてやる。

「二人いっしょに、イカせてやるよ」

十八歳のいじらしい願いに答えながら、だいしゅきを表現してくれる二十五歳を失望させないためには、これしかなかった。

綾奈を誘って、二人の身体をぴったりと抱き合わせる。

さっきまでのレスボスの契《ちぎ》りのように、バストが重なり、乳首同士が刺激し合う。

「ああ……嬉しい」

自分も貫いてもらえる喜びに、破顔した妹を姉は慈しむように見上げた。

自分のアナルにまで舌を注いでくれるいじらしさを前にして、支配者を独占したいとは思えなかったのだろう。

重ね餅の状態で美姉妹は支配者に向けて、ヒップと秘園をさらけ出す。

「早く……綾奈に入れてください」

「そんなわがままなお願いするお口はこうだ！」

渚が下から綾奈の首に腕を絡めて、強引にキスで唇を塞ぐ。レスボスの名残のせいだろうか、綾奈も舌を差し出して濃厚な姉妹キスに耽っていく。

「綾奈、焦らしてごめんよ」

心優しいサディストの剛直がバックの姿勢を取った綾奈の蜜園にやっと突き立てられる。

ぬぷり。先端がてらてらに濡れた若い花を引き裂いていく。

「あっふぅう！」

自慰に耽り、レズを強制され、二人の結合を見せつけられ、尻穴まで舐めた。そしてようやく与えられた剛直の感触。

「すごいいいっ」

何度貫かれてもその感覚は特別なようだ。心まで串刺しにされるような熱さと優しい罵倒、そしてなんども誓わされた絶対服従。それらが甘い轍を美少女の心身に刻み込んでいた。

「ご主人様のオチ×ポ……」

ぐいっと一刺ししてやると、みずみずしい弾力をもつ蜜洞がきゅっきゅと収縮して、竿全体を締め上げてくる。

「最高です」

床に手を突き、上体をのけ反らせて、ここまでの飢餓感が埋められるカタルシスに酔う十八歳の裸身。

「よかったね。綾奈ちゃん」

祝福するような渚の微笑。

8

「すごく、いいよ。綾奈の中」

背中に胸をつけて、あやすように囁《ささや》くと、若い愛奴はがくがくと全身を震わせた。

蜜洞への侵入よりも、クリトリスへの愛撫よりも、優しい囁きのほうが女を感じさせるときがある。今がまさにそのときだった。

奴隷としての自分が、支配者に認められ、姉にだけ与えられていた剛直が自分の中にも入ってくれた。その安堵感を上書きするように囁かれた言葉。

十八歳のマゾペットにとって、それは世界を輝かせる言葉だったようだ。

「嬉しいっ」

嫉妬と羨望の涙が、今は喜悦のそれに変わっていた。

ずんずんと進められる媚肉へのストローク。花びらを掻き分けて突進した先端は、奥深くのK点を越えて甘美な電流を流したあとで、一気に引き返し再度突進を試みる。

砕氷船が氷河を砕きながら進むように、それは綾奈の理性を砕き、一匹のメスに変えていく。

「ああんんっ！」

奥深くまで、ときには浅く焦らすように、黒光りする船首は突進を繰り返し、そのたびに喜悦の大波が被虐の美裸身を揺らしている。

角度を変えて、速度を変えて、優しく、残酷に生贄を犯す嗜虐者自身も、下半身が溶けそうになりながらも、懸命に愛奴に悦びの波を送りつづけている。

「あむうっくちゅ。渚さん」

「はあん、綾奈ちゃん」

美しい唇が再度重なり、ピンクの舌が濃厚に絡み合う。

「渚も、すごくエッチで、すごく可愛い」

それは心の底から出た言葉だった。今度は自分がおあずけを食っているのに、懸命に耐え、綾奈を見つめる表情は、淫らな慈母のようだ。

「ほら、ごほうび」

せめてもの想いをこめて、伸ばした指でクリトリスを軽く弄んでやる。

「あううっ……」

綾奈の下で、長身がびくびくと跳ねる。

その快感を分けようとするかのように、綾奈と舌を絡める渚。

「あうっ、あううううっ……」

悦楽を貪る綾奈が、はっとした表情を浮かべた。

「ご主人様、お願いです。渚さんにも……」

焦らされ抜いただけに姉の焦燥がわかるのだろう。浩に明かしていないとは言え、そこは姉妹だ。最後には互いを思いやる。

「お、おお」

何が何だかわからないままに、生意気小悪魔の指示に従う浩。

「Sはサービスの S、Mは満足のM」。先人たちが残した言葉は真理だった。

今度は砕氷船の船首が、下に仰臥したクラックに侵入していく。

「ああん、素敵」

渚が甲高い歓声をあげる番だ。

さっきまでと変わらない温度と湿度、いや、いったん焦らされた分さらに高温高湿になっているかもしれない。

「オチ×ポすごいの！」

顚をのけ反らせる渚を見つめる綾奈。

「そんなエッチなこと言う唇はこうだ」

お返しとばかりに、今度は綾奈が上から姉の唇を塞いだ。再び絡む濡れた舌。レスボスのじゃれ合いには終わりがない。

「ああんっ……こうしても気持ちいい」

あろうことか、剛直を姉に譲った綾奈は、自らの指で秘園を搔き回しはじめた。どこまでも貪欲で淫らな愛奴たちに、浩は舌を巻く思いだった。

「この、スケベな変態奴隷どもが」

自分が一番変態なのに、しゃあしゃあと言ってのける。

「ああんっ……いじめないで」

「ううん、もっといじめてください」

「だって、変態なんだもの……私たち」

もう、どちらの言葉かさえわからない。

「あひいっ」

「はううんっ」

気がつけば、重ね餅の秘園を交互に突いていた。ほとんどトランス状態で、オスの本能だけが、二つ穴を抉っていく。

「ぬおおおっ」

開いているほうには浩の指か、愛奴自身の指が入り込む。地獄のような天国で、淫らなハーモニーはその響きを止めることがない。

「ああんっ……もう、イキそうです」

「わ、私も……イッてもいいですか？」

どちらが剛直に貫かれ、どちらが指で弄ばれているのかさえわからない。

湿肉が抉られる音、肉打ちの音、キスの響き。

「イクイクイクイクっ！」

「うおおおっ」

「イクイクイックウウウ！」

三匹の獣たちの甘い咆哮《ほうこう》。

すべてがピンクの霧の中に溶け込んでいく。

「イイイイックウウウウウウ！」

絹を裂くような悲鳴をあげたのはどちらのメスだろうか？

一つに融合した三つの魂が、ふわふわと宙を漂い、その下には、ぐったりとした三体の抜け殻があった。

荒い呼吸音だけが、静寂の中に響いている。

ふと気づいたように、蕩けた瞳で綾奈が関連のない言葉を吐いた。浩には聞こえないかすれた声で。

「ねえ、あのパネルの人」

焦点の定まらない眼で、渚は水瀬コレクションから持ち込まれたパネルを見た。

「誰かに似てない？」

「そう、私もそう思ってるんだけど思い出せないの」

「今は、まあいいか」

恥ずかしそうにクスリと笑った姉妹は、再び優しく唇を交わすのだった。

第五章　クールビューティの熱い秘唇

1

二十畳ほどの広間に気まずい沈黙が流れていた。

木川田厳の父、岳《がく》は、両親を失ったばかりの三姉妹と、親戚たちをゆっくりと見渡した。

「この子たちの父上は、私の親友でした。そして今、息子の厳が彼女たちを引き取りたいと申し上げた。いかがでしょうか？」

事業が軌道に乗る寸前で持ち逃げに合い、莫大な負債を抱《かか》えた父。ハイウェイでトラックに突っ込まれたのは、再起をかけて立ち上がろうとした矢先。一瞬で、二つの命が散った。

広大な家も、抵当に入っているため財産もない。裕福ではない親戚たちが、三姉妹を引き取るのに二の足を踏むのも無理はない。

「どうだろう、里香ちゃん、渚ちゃん、うちに来ないか？」

着任したばかりの若き警察官僚が言った。温厚だが熱い漢《おとこ》だ。

里香が十五、渚は八歳、綾奈はまだ生まれたばかりだ。

「みんなは、十分な庇護と、教育、そしてチャンスが与えられる権利がある。」

木川田厳は里香と渚の聡明さに日ごろから舌を巻いていた。おそらく綾奈も同じだろう。

「みなさん、私たち姉妹がパパとママの娘であることは変わりません。そしておじさん、おばさんたちとつながっていることも、これまで優しくしていただいたことも忘れません。ただ、渚と綾奈の未来のために、木川田さんにお世話になろうと思います」

十五歳とは思えない毅然とした口ぶりで綾奈を抱きながら里香が言った。そこには親戚が引け目を感じないようにするための微笑さえ浮かんでいる。両親を亡くしてまもない少女なのに。

親戚一同が少し後ろめたそうに頷くのを確認したすると、今度は妹たちへ。

「渚、それでいい？」

「うん、だって木川田のおじさんもおにいちゃんも大好きだもん」

「綾奈はどう？　まだわからないか」

愛らしい一歳児もわからないなりに里香に抱きついてきた。

「木川田のおじさん、厳さん、お世話になります。ご恩は必ずお返しします」

きりっとした涼しい眼は、未来を見つめていた。


「あれから十七年、なんか遠くへ来ちゃったなあ」

厳の仕事を助けたいと言い出したのは佐倉里香からだった。

最初は猛反対した厳だが、里香の意志の強さに負け、納得してからはシークレットエージェントに求められるすべてを叩き込んだ。抜群の知力と運動神経、そして胆力、すべてを備えた里香は、成人するころには完璧な能力を身につけていた。

「まあ、妹たちまで同じ仕事するとは思わなかったけど」

雑居ビルのオフィス。デスクに腰をかけ、長い脚をぶらぶらさせる。

木川田厳の前でだけしか見せない仕草と表情だ。

「はは、渚ちゃんも綾奈ちゃんも言い出したら聞かないからね。姉さんといっしょだ。遺伝だね、こりゃ」

「い〜〜だっ」

厳と二人きりのときだけ、佐倉里香は少女に戻る。茶目っ気たっぷりの表情を浮かべると、セクシーとキュートのギャップが、見る者のハートを撃ち抜く、はずだ。

それでもナイスミドル木川田は、苦笑を浮かべるだけだった。

「そろそろ里香ちゃんも考えてる？　結婚」

「はあ〜、そんな質問するかね？　この佐倉里香様を振ったただ一人の男が」

「あ、いや、それは……だから……ねえ？」

クールなナイスガイが、この話になると動揺を隠せない。

「まあ、理由が理由だし、しょうがない。だから、私は仕事に生きるの。厳にいを助けて、この国の平和と安全を守るために、そして、これのために」

親指と人差し指でリングを作った仏像ポーズ。「オ・カ・ネ」のサイン。

木川田家に引き取られて何不自由なく育ったとはいえ、あのときの恐怖は忘れられない。貧困は悪であり、敵だった。

「しかし、大丈夫かな？　渚ちゃんと綾奈ちゃん。危険な目にあってるんじゃないか？」

「あ〜、それなら大丈夫。あの子たちが、ちょっとやそっとのことでピンチになるわけないもん。私が思ってるのはむしろ逆」

「逆って？」

「きっと何か美味しい思いをしてるのよ。だから帰ってこない。あいつら強欲っていうか、欲望に忠実だからね。私と違って」

木川田はぽかんとしている。どの口が言うという表情だ。

「まあ、でもあまり仕事が遅いとハニーエンジェルスの沽券《こけん》に関わるわね。ぼちぼち私が出張りますか」

両手を伸ばして大きく伸びをするクールビューティ。

「カバーはどうする？」

「いらない。直接乗り込んで片をつける」

「でも、どこに？」

「居場所もわかってます。だって綾奈が作ったGPSの信号、簡単にたどれるんだもの」

「だったらどうして？」

今の今まで動かなかったのか？

「だって、私が介入するとすぐにぶんむくれるんだもの、あいつら。おー怖い怖い」

肩をすくめて両腕をさする表情は、妹たちへの愛と信頼の裏返しだ。

「じゃあ、行ってきます！」

シリアスな表情になった里香は、木川田に敬礼を送った。

2

「もう、そろそろかな」

夜の闇を切り裂いて疾走するバイク。ハンドルの中央に取りつけたマップが、到着点を記している。

「OK、ここね」

ドリフトして急停止する。

ヘルメットを外したのは漆黒のレザースーツに身を包んだ九等身の美女。

ファサっとストレートロングの黒髪を掻き上げるシルエットはスパイ映画のヒロインそのものだ。

たどり着いたのは、湾岸の倉庫。「Ｏｆｆｉｃｅ Ｈｏｎｅｙ」からもそんなに遠くはない。

「なんでこんな場所に長居してるのよ」

ぶつぶつ言いながらも、窓から潜入。地下室へのドアはすぐに見つかった。

「え？　鍵は？」

さぞ厳重なロックかと思いきや、まったくの無施錠。不用心にもほどがあるではないか。

暗い階段を降りると、鉄製の内扉が。

（少しはてこずるかも……）

いや、これまた閂《かんぬき》もなく、中からは音と明かりさえ漏れている。

「ああっ……もう許してください……あひいっ！」

「まだだよ、このバイブでたっぷりとよがってもらうぜ」

「そんなの、狂っちゃいます」

「のこのこと潜入捜査に入り込んだ報いだよ。このまま帰られちゃ俺の裏ビジネスが台無しだ」

（ちょと、待って、あの子たち無茶苦茶にされているんじゃ？）

楽観していた自分を呪うかのように舌打ちした美女は、血相を変えてドアを蹴り、中に飛び込んだ！

「渚っ！　綾奈っ！　大丈夫？　助けに来たわ……よ。って、何してんの？」

漆黒のレザースーツを着た里香を迎えたのは、高級ソファにゆったり座って、ポテチを食べながらスクリーンのAVをながめている妹たち。

「あ……里香ねえ」

ぽかんとしている綾奈はなぜかチアガールのユニフォームを着ている。

「よく、ここがわかったわね。さすが」

ひとごとのように言う渚は、レースクイーンのコスプレだ。

「なに？　その恰好。そして、これは？」

スクリーンの映像を指さす里香。

「えっと、これはコスプレで、映ってるのは『美人エージェント　恥辱の捜査ファイル』。二〇〇〇年代を代表する名作よ」

渚はすっかり水瀬コレクションに詳しくなっている。レーベルから監督、男優、縄師、女優、プレイまでいっぱしの評価ができる「凌辱AVオタク」に成長していた。

「ここでバイブはちょっと早い。もうちょっとローターで焦らしてからでも……」

ぴちぴちのチアガールまでもがわかったふうな口を利く。

「そ、それで……この部屋はいったい？」

クールな里香がうろたえまくっている。

「ここは、うちらのお城。住み心地最高で至れり尽くせりの気持ちい〜いお城」

「な、何を言ってるのいったい」

無理もない、豪華なリビングかと思えば、トレーニング器具や、ありとあらゆるSMの道具、そして、新旧ずらりと揃ったマニア垂涎のコレクションがそろっている。

狂気とエロスに満ち満ちた部屋で、妹たちはエキセントリックなコスプレで、のんきにポテチを食べている。矛盾と混乱が渋滞していた。

「ええ〜っ！　わけわかんないんだけど」

「わたしたち、捕まって調教されちゃったの」

なぜそんなことを笑顔で言えるのか？

「そう、ご主人様に捕まっちゃった」

「ご、ご主人様って……」

「それは……あ、来た」

奥にあるキッチンらしきところから、暖簾《のれん》を分けてその男は入ってきた。

「おまたせ～、今日は二人の大好きなチキンの柚子胡椒ステーキと、山の幸たっぷりサラダ、そしてアツアツポトフだよ」

クマさんのアップリケ付きエプロンと、クマさんプリントの三角巾が妙に可愛い、ナイスガイ登場！

「あ、また晩御飯の前にポテチ食べて、健康のことちゃんと考えなきゃ！」

「ごめんなさい。ご主人様」

「あの、誰？」

「決まってんじゃん、水瀬浩。今回のうちらのターゲット！　兼ご主人様」

「ねー」

姉妹レズの契りまで交わしたチアガールとレースクイーンは息ぴったりだ。

「あ～、もうわかんない、わかんない、わかんない」

長い黒髪を掻きむしる超絶美女。

当たり前だ、美味しい思いをしていると予想はしていたが、それは相手を脅して金を搾り取ったり、下僕のように使ったりしているのだと思っていたのが、こんなカオスの空間でSM映像を貪《むさぼ》り見ながらコスプレでポテチを食べ、ターゲットをご主人様と呼んでいるとは。

おまけに当のご主人様はエプロン姿で手料理を運んでいるのだ。

里香のなかで〝リトル里香〟がムンクの絵のような叫びをあげていた。

とにかく今は、妹たちを連れ帰ることが最優先だ。

「ちょっと、あんたいったい何してくれてるのよ！　わたしはこの子たちの上司、ハニーエンジェルスの……」

啖呵《たんか》を切った相手から返ってきたのは、意外な言葉だった。

「里香さん、佐倉里香さんですよね！」

男の顔は明らかに喜びに輝いている。

「な、なんで私の名前を……」

あんたたちが教えたの？　と言わんばかりの表情で見た妹たちはぶんぶんと首を横に振る。

「ぼ、僕です。水瀬浩、覚えてるでしょう」

ターゲットの顔と名前はもちろん叩き込んでいる。ただ、向こうが自分の名前を知るはずはない。それにこんなにフレンドリーに来られても困る。

「あの、どこかでお会いしました？」

「ほ、ほら、大学の語学で同じクラスで……それで、僕、好きになっちゃって……告白したんだけど……覚えてませんか？」

きょとんと首をひねる里香を見て、浩はすがるように言葉を続けた。

「シャネルのバッグをプレゼントして、そしたら『あなたはいい人すぎて私には似合わない』って。僕、実はあれがトラウマになっちゃって……」

かたわらのチアガールとレースクイーンが目をむいて口を押えた。

（え〜っ、あれって里香ねえがきっかけ？）

ご主人様のスイッチを入れる魔法の呪文を刻みつけたのは、里香だったのだ。

（人生、深いわあ……）

「ね、覚えてるでしょう？」

浩は男の純情をすべてかけて尋ねた。

「ごめん、全然」

へなへなと膝から崩れ落ちる浩。今にも絶望の歌を歌い出しそうだ。

「だって、考えてみて、当時の私、一日平均三人くらいから告白されてたの」

まあ、信じがたいほどの美貌とプロポーション、そしてオーラを持つ里香だ。それくらいぐいぐい来られても不思議はない。

（まあ、おねえ当時それくらいモテてたわ）

渚が綾奈に囁いた。

「つまり年間千人ちょい、四年で四千人以上。これ、覚えてられる？」

「いや、無理っす」

「正解！」

「相手を傷つけないで上手に断るにはなんて言えばいいと思う？」

「いい人だから……？」

「大正解！　あなたは目の前のコンベアを流れていく四千個のねじの大きさや光り方の違い覚えてられる？」

「不可能ですね」

流れるようなQ＆Aで、浩は絶望的な結論に導かれた。渾身の想いをこめた一世一代の告白は、里香にとって四千個のねじの一つだったのだ。

「そんなことよりもさあ！」

がっくりとうなだれる浩に、氷のような声が飛ぶ。

「あんた、うちの可愛い妹たちに何してくれてんのよ」

「い、妹たち？？？　田中さんと、鈴木さんじゃあ？」

（あ〜おねえのバカ、カバーが台無しじゃん）

困惑と怒りのあまり、里香にしては珍しくカバーを忘れてしまっている。

「何言ってんの、佐倉渚と綾奈、私の可愛い大切な妹たちよ」

(え？　え？　ということは、僕は、実の姉妹にレズを強制したの？)

否定を請うように見たチアガールとレースクイーンはこくこくと頷《うなず》いた。チアガールにいたっては、見せつけるようにレースクイーンの耳に息を吹きかける。

(そんなことさせたなんて、僕、鬼畜じゃないか)

絶望に脱力する浩に、クールビューティは冷たく言い放った。

「麻薬及び向精神薬取締法違反、強制わいせつ、監禁罪などで出頭してもらうわ」

「ちょっと待っておねえ」

ご主人様のピンチだ、愛奴たちが出なくてどうする。

まだ、ブツを見ただけで厳密にそれが違法かはグレーであること、販売の証拠はつかんでいないこと、ブツ自体は社会的な意義があるものなこと、監禁ではなく自分たちが望んで居座っていることなど、熱弁は続いた。

「う〜ん、あんたたちが嘘をつくとも思えないし」

「それに、ご主……じゃなかった水瀬さん、とっても優しいの」

「まあ、凶悪犯がクマのエプロンでポトフ作ってくれるとは思えないし」

「でしょ、でしょ、ちょっと変態なだけよ」

「そうそう、悪気のないただの変態」

自分のことを棚に上げて、渚と綾奈は懸命に訴えた。

「そうか、じゃあ、もうちょっと考えるか。ねえ、水瀬さん。あなた本当はいい人なんじゃないの？」

（あ～、言っちゃったあ……）

トラウマになっている言葉を、よりによってその当事者から繰り返されたのだ。

その目にいつものように冷酷な光が宿るかと思ったが、今回は違った。

「妹さんたちはもちろんお帰しします。っていうか、いい加減帰ってよ。ね？　それで僕の扱いについては、里香さんの判断にお任せします。でも、僕はいつか『ハッピーアワー』で世界を救いたい、その思いは変わりません」

三方よしを純粋に掲げる真摯《しんし》で熱い事業家がそこにいた。

「う～ん、困ったなあ」

「まあ、お茶でも飲んでじっくり考えてください」

いつの間にかキッチンで浩が入れてきたお茶。考え込んだ里香は何の疑いもなくティーカップを口に運んだ。

(あ、そのお茶はたぶん……)

渚と綾奈が何かを言いたそうだったが、支配者は一瞥で黙らせた。

3

「んんっ……ど、どうして?」

睡眠薬入りの紅茶を飲んで三十分もしないうちに、里香は目覚めた。

黒革のライダースーツに包まれた百七十センチの九等身は、ベッドの上に大の字で縛られている。

「お目覚めですね」

上から美貌を覗き込んでいるのは、水瀬浩だった。

「い、いったいどうしたの? さっきはあんなにしおらしかったのに」

「あんな簡単なフェイクに引っかかってくれるなんて、意外と素直なんですね」

「どういうこと」

レザースーツの艶めかしいプロポーションがくねる。

「僕をいい人と呼んだ報いを受けてもらいますよ。十二年前、そしてさっきの分」

「ああ、ごめんなさい。でも仕方なかったのよ。さっき説明したでしょう？」

シーツの上に散った黒髪、北欧風の彫りの深い美貌、そしてぴったりとしたレザースーツに包まれた、九十、五十八、九十の日本人離れしたプロポーション。煽情的な陽炎《かげろう》に揺らめきながら、抗議する超絶美女。綾奈の可憐さ、渚の精悍さとも違う、凜としてそれでもセクシーな容貌が抗議した。

「そう、仕方がないのは僕も同じです。魂があなたを縛って犯せと言っている」

「そんな、むちゃくちゃよ」

懸命にほどこうとするが、両手首と足首を縛り、ベッドの脚に延びたロープはほどけない。

（ねえ、大丈夫かな？）

（大丈夫よ）

部屋の隅に立ち尽くす妹たちがひそひそと言葉を交わす。

（だって、おねえもきっとMだもん。遺伝よ遺伝）

渚の論拠はメンデルが殴り込んできそうな雑な仮説だ。

（そうじゃなくて、これ以上ライバル増やして大丈夫か？　ってこと。ご主人様取られちゃうじゃん）

綾奈の心配はさらに斜め上にぶっ飛んでいた。

（まあ、ほんとうに嫌なら、おねえが自分でぶっとばすでしょ）

美姉妹は長女の危機に高みの見物を決め込むつもりらしい。

「さて、それではと」

ぴったりとボディラインが出たレザースーツ。胸元のファスナーが少し開いている。

「これはたまらない」

浩の口ぶりはゾーンに入ったときのそれだ。

ファスナーに指をかけ、自分を焦らすようにずり下げていく。

ゆっくりと覗く、真珠のような肌。

愉快な怪盗一味とときはタッグを組み、ときには裏切る伝説のアニメヒロイン。それが今三次元の美女となって縛られている。

勃たない男などいない。

「お願い、やめて」

ファスナーが三センチ、五センチと下がっただけで、白い丘の一部が露出し、薔薇のような芳香が漂う。

そう、佐倉里香は大輪の紅薔薇だ。鮮やかに、激しく生きる運命《さだめ》を決然と生き抜く魔性の華。

「きゃあっ」

二十センチほどまで下ろされたファスナー。ヒロインはどうやらブラをつけていないらしい。みぞおち部分の肌が露出している。

「や、やめて……これ以上は……」

「大丈夫、ファスナーはこれ以上下げません」

ほっと、安堵の表情を浮かべる薔薇の美女。

「そんなもったいないことをするもんか」

言い放った浩は、調教道具が並んだ棚から、銀色の大鋏を取り出した。

「これで、少しずつ、美女のレザースーツを切り刻んでいく。たまらないね」

控えめに言って変態だが、はっきり言ってすべての男の夢だ。

ドリームズ・カム・トゥルー。夢はあきらめない者にしかつかめない。浩は粘り強い変態だった。

九十センチのFカップ。その右山腹に鋏が入り、白い丘の一部が露出した。

「いやあっ……怖い」

薔薇の芳香にバニラの甘い香りが溶けていく。

「すごい張りだ」

むき出しになった部分をつんつんと突くと、張りつめた弾力が押し返してくる。

「こっちはどうかな？」

ざくざくという音がして、今度は左の山肌が露出する。あたりにミルク色の霧が立ち込めるようだ。

ロケットバスト、その名称は里香のためにある。よくある「巨乳と言いながら実は腹回りも太い小太りの人」とはまったく次元が異なる。九十センチのFカップから五十八センチのくびれへの見事な落差、そして仰臥《ぎようが》しても崩れることのない張り。

その山腹がわずかに露出しただけで、ロケット発射時の噴射のように、フェロモンが噴き出してくるのだ。

「ああ、すごい香りだ」

くんくんと鼻を鳴らして、フェロモンを吸い込む浩。もう憧れの人に接している畏怖を、性欲が完全に上まわっている。

「さて、いよいよてっぺんを」

「いやああっ……本当にやめて……」

「里香さん、これは復讐なんだ、十二年分のね」

一方的で勝手な思い込み。だが、縛られた里香にはそれを阻《はば》むすべはない。ザクザクという音は恥刑の宣告だった。

先端部分のレザーが摘まみ上げられ、左右ともに切り取られていく。ザクザクという音は恥刑の宣告だった。


「やああんっ！」

露出した二つの蕾。ピンクのそれはわずかに尖っているようにも見える。

「ほおおおお」

あこがれつづけた女神のバストトップ。薔薇の蕾はつつましく、でも鮮やかな存在感を放っている。

「あ、いやっ……恥ずかしい」

九等身をくねらせるたびに、豊かなバストがたわみ、蕾が揺れる。

なまじレザーを纏《まと》っているがゆえに、バスト全体がむき出しになるよりはるかに淫らで煽情的な眺めだ。

「これが、佐倉里香の……」

感嘆の吐息をついた浩は蕾にそっと触れたかと思うと、きゅっと摘まみ上げた。

「あううっ」

しなやかなボディが大きくうねる。

「ちょっと、あんたたち、何やってるのよ。助けなさいっ、助けなさいってば」

「ごめん、里香ねえ。私たちご主人様に恥ずかしい映像をたくさん撮影されて、逆らったらネットに上げるって脅されてるの」

「だから、助けられない」

二人して片手で拝むポーズ。ちょっと舐めてる。

(だって、あんなロープ、関節ひねればすぐはずれるでしょ)

拘束から抜け出すのは、シークレットエージェントの基本のキだ。

(まあ、うちらも人のこと言えないけどね)

ひそひそ話は、どこか姉がいじめられるのを楽しむようなトーンさえある。

渚が唱えた遺伝説は存外正しいのかもしれない。

「覚えてなさいよっ！」

「おっと、里香の相手は僕だよ」

生まれて初めて呼び捨てにした。征服の悦びに後頭部が痺れるほどにうずく。

「渚と綾奈は、僕に逆らえない奴隷なんだよ。な」

一瞥をくれただけで、悲しげに頷く愛奴たち。だが、その表情はどこか芝居がかっている。当然だ、脅されて監禁されている奴隷が、コスプレでポテチを食べながらA

Vを論評しているわけがない。

「ほら、だからお姉さんがこんなことされても助けに来られない」

両方の蕾の周りを軽くタップしながら回った指が、もう一度それを摘まみ上げ、リズミカルに揉みまわす。

「ああっ……はうんんっ！」

ビーナスは頤《おとがい》をのけ反らせて黒髪を振る。少し紅潮した頬が、美貌をさらに妖艶に見せている。涼しい瞳がほんの少し溶けはじめただろうか？

「あれ？　もしかして、少し感じてる？」

「か……感じてなんか……いるわけないでしょう！」

「まあ、そうだろうね。四千分の一。どれだけ恋焦がれ、悩んだ挙句の告白も、決まったルーティンで流してしまうんだ。そんな男の指で感じるわけがない」

「そ、そんな言い方……」

「でも、小さなねじにもそれなりの意地がある。それをたっぷり感じてもらうよ」

その言葉は、恨みというよりも、里香が狂うことを許す免罪符だった。そう、妹たちを人質に取られ、粘着的な恨みを晴らそうとする変態が相手なのだ、少しくらい乱れても仕方がない。

浩はそのエクスキューズを里香に与えようとしている。

「今度はこっちだ」

四十五度に拡げられた長い美脚をぴったりと包むレザー。その内腿を悪魔の指がゆっくりと、執拗になぞる。指先が、柔らかく、それでいてすべてを撥ね返すほどの秘められた筋肉を感じている。

「これが憧れの佐倉里香さんの内腿か」

思わず頰ずりしてしまう。レザーの奥から、人肌の温かさが伝わってくる。

「たまらないや」

「いやあっ……気持ち悪い」

「そりゃそうだよね。ねじごときに頰ずりされたんじゃ、さぞ不快だろうさ」

「…………」

一人の男をねじ扱いしてしまったことへの慚愧《ざんき》が、透明な美貌に浮かんでいる。

「お前たちはどうだ？　僕に触られると？」

「すごく……気持ちいいです」

「縛られて、触っていただくと……感じちゃって」

「渚、綾奈……」

恥ずかしそうにそろえる声に美姉は、二人が堕ちた闇の深さを悟ったようだ。

ザクリ。

再び残酷な鋏音が響き、右の、そして左の内腿が露出する。

大理石の白さが黒レザーと見事はコントラストを作っている。

「柔らかくて、艶やかだ」

十センチ×十センチほどの大きさで太腿部分に空いた穴。その上端は秘園に届きそうだ。果たして里香はレザーの下に下着をつけているのだろうか。

「お願い、水瀬さん。あなたにひどいことをしたのは謝ります。ねじなんかにたとえてごめんなさい。だから……もう、ここまでにして……」

「そうか、じゃあここまでにしよう。僕だって鬼じゃない」

「本当に？」

「ただ、こいつが同意してくれるかどうか？」

指さした股間では、チノパンの前を突き破るほどに逸物が猛り狂っている。

「渚、綾奈、姉さんの代わりに俺を満足させられるか？」

「はい！　何でも命じてください」

二十五歳と十八歳、自分に劣らぬ美しさを持つ妹たちが嬉々として答える。

「これまで以上の調教がいい。そうだ、僕の小便を飲め。文字どおり肉便器だ」

浩の要求はいくら愛奴たちに向けたものとはいえ、常軌を逸している。

「そ、それは……」

さすがの渚も躊躇を示すが、綾奈は違った。アイドルのような愛くるしいルックスの短髪美少女は、浩に歩み寄るとその前に跪いて口を開けようとする。

「だめっ！　綾奈にそんなことさせないでっ！　私が、私がどんな罰でも受けるから、許して」

その表情は、十五歳のあの日、一歳の綾奈を慈しむように抱いたときと同じ、凛とした光を湛《たた》えている。

大輪の薔薇は、気高く散ることを選んだようだ。

4

「そうか、やっぱり妹は可愛いよな」

「え、ええ」

「じゃあ、お願いしてみろ。股間のレザーを切ってくださいって」

「ああ……そんなこと……」

「綾奈、口を開けろ」

もう一度、支配者の前に跪《ひざまず》く愛らしい妹。

「言いますっ、お願いしますから、綾奈は許してあげて。ああんっ……私の股間のレザーを……切ってください」

「一本のねじごときにそんなお願いをしなくちゃいけないなんて、惨めだねえ」

言い終える間もなく、鋏を手にした嗜虐者は、美脚の付け根近く、太腿部分に空いた穴から刃を入れて、切り拡げていく。下腹部からへそ下を横に通過した刃は下に降り、今度はクロッチ部分を切り裂いた。

「すごくいやらしい匂いがするよ。里香」

言葉とは裏腹に、鋏の動きは絶対にヒロインの肌を傷つけないよう細心の注意を払って操られていたことに里香は気づいただろうか？

「ほう、さすがにパンティはつけてるのか？」

華やかさと凜々しさにふさわしく、深紅のビキニショーツには、薔薇の複雑な刺《し》繡《しゅう》がなされていた。

レザーの黒、ショーツの赤、そして純白の肌。匂い立つようなコントラスト。

（あの、里香さんが、こんな姿で縛られている）

自分でしでかしておいて、その妖艶さに息を荒げる優しいサディスト。

「う～ん、すごくいやらしい匂いがする」

浩は研究者がビーカーの薬物を嗅ぐように、手のひらであおいで鼻をクンクンさせた。

「いやあっ……そんなことしないで」

「四年で四千人を振った佐倉里香様のここの匂いを嗅げるなんて光栄です」

へりくだった言葉に、十二年分の執念が滲んでいる。

「さあ、次は何をお願いすればいいか、わかるよね」

里香は絶望的の表情で、涼しい瞳を閉じた。

「お願い……里香のパンティを……パンティを切り取ってください」

「切り取るとどうなる？」

「見えちゃいます」

「何が？」

流れるようなQ＆Aを今度は浩が誘導していた。

「いや……言えない……」

拘束されたままいやいやをするさまはすべての男の嗜虐心を震わせる。

「綾奈」

呼んだだけで、十八歳のチアガールは跪いて口を開ける。

「綾奈にそんなことさせないで……言うわ……言うから」

「さすが佐倉里香様だ、お願いするときも上からなんだね」

冷笑が気高い薔薇を蹂躙する。

「ご、ごめんなさい……言いますから……綾奈にそんなことは……」

「最後のチャンスだ。ちゃんとお願いしてみろ」

信じられないほどの羞恥と屈辱。困惑と逡巡が美貌をゆがめている。

「お願いです……パンティを切って……里香の……佐倉里香の……オ、オマ×コを見てください」

（つ、ついに、あの里香さんが、僕に向かって……）

十二年の時を経て紡がせた屈辱の懇願。

「あらあら、惨めだねえ」

叫び出したい衝動を抑えて、皮肉に言い放つ。

サクッ。

分厚いレザーとは異なる、儚《はかな》い音をたてて最後の薄布が切り取られた。

「ほおおっ……」

四十五度に開かれた美脚の中心に現れたのは、淫らで気高い大輪の薔薇。

「いやあっ！　見ないでっ！　見ないでえ」

三十二歳のクールビューティが少女のように声をあげた。

「すごい……きれいだ」

ベッドに大の字で拘束された、百七十、九十、五十八、九十の爆裂ボディ。黒いレザースーツの両乳首と股間部分が大きく切り裂かれ、羞恥の源泉をさらけ出している。

エキセントリックだが、淫らな美しさは幻想的ともいえる。

成熟した女特有のねっとりとしたフェロモンが、少し濃いめの茂みと花園から立ち昇り、鼻腔を通じて剛直に強烈なインパクトを与えた。

「里香ねえ……きれい……」

妹たちまでもが、その姿に陶然としている。

「ほら、せっかく丸出しになったんだ。もう一度、ちゃんとお願いしてみろ」

かつて恋焦がれたビーナス。その高貴な半裸を前にして、嗜虐の血が沸騰している。

こうなったときの浩は無敵だ。ゾーンに入った。

「ああ……お願いです……里香の……オマ×コを……いっぱい見てください」

妹のために強制された屈辱のセリフ。

「あれ？　もしかして、少し濡れてないか？」

半開きになったクレバスがわずかに光っているのを浩は見逃さなかった。

「そ……そんなわけがないでしょう」

美貌が激しく振られるが、その貝殻の耳朶は明らかに赤く染まっていた。

「もう、これ以上は……」

「そんなの無理に決まっていることくらい、聡明な里香様ならおわかりでしょう」

悪魔の指先がついに秘唇に触れた。

「あうっ！」

「ずいぶん敏感じゃないか」

すでにそこは熱くなり、わずかな湿気を帯びている。

「ああっ……いやっ……」

外花弁をゆっくりとなぞっただけで、ビーナスはあえやかな声をあげた。

「じっくりと、アップで拝見しましょう」

いい人水瀬浩は、凶悪で変態性欲に歪んだ微笑で美脚の間に腹這いになる。

「こ、これは……」

眼前に広がる大輪の薔薇、その奥には荘厳で豪華絢爛《けんらん》な肉の宮殿が広がっている。

「いやあっ……そんなに近くで見ないで」

「見ないでと言われてやめるなら、最初から拘束したりしませんよ。見るだけじゃあ済まなくなるのが人情ってやつです」

指先が外花弁を押し拡げ、舌先がその内側に触れた。

「あううっ！」

「すごく、スケベな味だ」

襞の一つ一つを丁寧に舌先がなぞっていくと、薔薇の華蜜がじわじわと染み出してきた。

（こ、これが里香さんの……）

憧憬と嗜虐心、二つの感情が浩の全身を溶かしそうになるが、ここで蕩けてしまっては本物のSとは言えない。変態には変態の矜持《きょうじ》がある。

「おいおい……やっぱりスケベな汁が溢れてきてるじゃないか」

「そ、そんなことないっ！　それよりもこんな姿を妹たちに見せないで」

「それは悪かった。お姉さまとしては最後の一線は守らないとな」

「ええ……だから……妹たちをどこかへ……」

クールな美貌に今だけは哀願の色が浮かんでいる。

「里香が、濡れているって認めるんなら、渚と綾奈を移動させよう」

「ひ、ひどい」

浩は言葉だけで、薔薇のヒロインを隘路《あいろ》へと追いつめていく。サディストの面目躍如だ。

「ああんっ……濡れています」

「もっと詳しく、正確に。シークレットエージェントなんだろう。情報精度は命じゃないか」

責め立てながら、綴じ目の上に息づく淫粒に舌先でピアニッシモのワンタッチ。

「あひっ！……水瀬さんに舐められて……里香のオマ×コは濡れぬれですぅ」

誇り高い薔薇の精が、信じがたい言葉を告げた。

「よく言えたね。約束だ。渚、綾奈、こっちへおいで」

「そ、そんな……言えば二人を移動させるって」

「そうだよ、さっきよりもっと近くへ移動させた。約束を守ったつもりだが」

詭弁《きべん》の神と卑怯の妖怪が、浩に宿っている。

愛らしい十八歳のチアガールと、華やかな二十五歳のレースクイーンは、姉が拘束されたベッドの両側に立つ。

飼い主の命令には絶対服従だという純情と、何をさせられるのかという不安、乱れる姉への戸惑いと、その美しさへの陶酔。複雑な感情のカクテルを湛えた繊細な二脚のグラスが心細そうに立っている。

「ああっ……そんな」

浩が身体を起こし、上体を伸ばしてレザースーツの胸元で銀色にファスナーに指を掛けた。

高貴な薔薇のプライドを引き裂く金属音とともに、それは下腹部近くまで一気に下げられ、黒革が大きく左右に拡げられる。

「いやあっ」

小さな穴から覗くバストトップだけではなく、今は双丘全体がむき出しになっていた。高くそびえるロケットバスト。重力が狂っているかのようにその丘が崩れることはない。

ヒロインが身体をくねらせると、白い丘が大きく揺れる。

「とうとう、上も下も丸見えだ」

レザースーツはすでに衣服のていをなしていないが、里香のセクシーさをきわ立たせるスパイスとしてはその機能を極限まで発揮していた。

「すごい格好だよ。里香」

「いやあっ……言わないで」

学生時代だけで四千人、卒業後までふくめればいったいどれだけの男が里香の裸身を想像しただろう。自分は今それを現実に目にしている。しかも、縛られてレザースーツを剝がされた、全裸よりも淫らな肢体だ。

ザ・トップオブねじ。四千個の頂点に立った誇りと責任が、剛直をさらに熱くする。そこにたぎっているのは無数の男たちの情念だ。

5

「さて、お楽しみはここからだ」

チアガールとレースクイーンの表情に緊張が走る。悪役がこのセリフを吐くとヒロインがさらにひどい目にあわされることを、数百の作品を見て学習していた。

「渚、綾奈」

「は、はい……」

「お前たちの唇と舌でお姉さまを喜ばせてあげなさい」

今は彼女たちの関係をわかったうえで、異常な行為を命じている。自分の卑劣さと変態具合に目がくらみそうになりながらも、股間が、そして男たちの情念に逆らうことはできなかった

「いやあああっ……そんなことやめてっ……渚っ、綾奈っ、こんな男の言うことをきいちゃだめよ！」

「里香ねえ……」

ふだんは姉に少し叱られただけで身体をすくませる妹たちが、今はなぜか左右のバストにそれぞれの美貌を近づけている。

「ごめんなさい。ご主人様には逆らえないの」

二人は口をそろえた。

無理もない、渚と綾奈はディープキスを交わし、互いの秘園を舐めまわすレズ行為を何度となく強《し》いられているのだ。ときには花弁同士をこすり合わせる松葉崩しで絶頂を迎えてもいる。

長女のバストを愛撫することなど、異常でも何でもない。

「やっ……やめなさいっ……二人とも……やめないとあとでひどいわよっ」

精一杯の叱責は、瞳を蕩けさせた美妹たちには無力だった。

綾奈のキュートな美貌が右のバストトップに近づき、唇がその突起をくすぐる。

「あううっ……綾奈……いったいどうしたの？」

今度は渚の唇が左の乳首につけられ、軽くそれを吸い上げた。

「な、渚まで……ああんっ」

「意外かい？　可愛い妹さんたちは、僕が命じればいつでも互いを愛し合うように調教済みだ。姉妹なのに、まったく変態だぜ」

ついさっきまで二人が姉妹であることを知らなかったのに、それさえも里香の絶望を誘う道具として利用する。敏腕社長は機を見るに敏だ。

「あううっ……はんっ……嘘、そんなの嘘でしょ……」

一度乳首から離れた二つの唇が、里香の美貌の真上で重なり、ピンクの舌が絡み合う。

「なぎねえ、大好き」

「綾奈、わたしも」

ふだんは小さな喧嘩ばかりしている二人。ディープキスを交わしている二つの唇にかかった甘い唾液の虹が、長女への残酷な答えだった。

痴態を見せつけた唇がそれぞれの持ち場へと戻る。

「あふうっ！　そんなに舌を使わないで……」

綾奈が右のバストを柔らかく揉みしだきながら、乳首を舌でらせんを描くように舐めまわす。

「あん、綾奈だけずるい」

妹に負けじと、渚はその突起を甘噛みしてちゅうちゅうと吸い上げた。

「あんっ……ふたりともいったい……あひいっ」

二本の舌が、緩急と動きの変化をつけて、玄妙に敏感な蕾を責めつづけてくる。

その動きに、どうしたの？　という言葉さえ続けることができない。

シャープな美貌が左右に振られ、黒髪から香粒が飛び散っていく。

「やめっ……やめてっ……」

「もう、里香ねえったら、ちょっとうるさい」

なんと綾奈は、命じられてもいないのに里香に唇を重ね、悲鳴を封じ込んだ。

「んんっ……あむうっ」

涼しい瞳を驚愕のあまり大きく見開く美しい長女。

あの日、広間で自分に抱かれていた赤ん坊に、今は唇を奪われている。

懸命に唇を結んで抵抗する里香はその状況を理解できていないようだ。

「あむ……はああっ」

禁忌を避けようとする唇の力を、左バストへの渚の愛撫が溶かし去る。

「はううっ」

執拗に責め立てる末っ子の舌先。

「あはああっ……はうう」

その甘い城門を開かせたのは、むき出しになった秘園へ再開された愛撫だった。

浩はもう一度美脚の間にうずくまり、邪悪な舌先で濡華をなぞり上げる。

ピンクの内花弁の中を、再訪する舌先。

「さっきよりずっと熱くて、はるかに濡れているよ。どうしてだろうね?」

妹たちの愛撫とキスがその原因であることを知りながら、浩は意地悪な質問で三十二歳のビーナスを翻弄する。

「そんなこと……ないもん」

ヒロインは少女のような口調で抗議する。

「可愛い、おねえ」

綾奈に変わって今度は渚が、姉に唇を重ねて舌を挿し入れる。

「あむっ……だ、だめむううっ……はあぁ」

そのとき、浩が大きく勃起した秘密の淫芽を舌で弾き、吸い上げた。

「くううんんっ！」

黒髪のビーナスが、縛られた半裸を大きく波打たせ、薔薇のフェロモンが調教ルームを満たしていく。

その意思に反して、とくとくと溢れ出す蜜汁。

「あーあー、こんなに感じちゃって……憧れの佐倉里香さんもただのスケベ女だったってことか」

「ひ、ひどい……こんなことって……あうっ」

抗議を三つの舌先が残酷に封じ込める。

シークレットエージェントとして、これまでいくつもの修羅場をくぐってきた。敵の手に落ち、拷問を受けそうになったことも幾度かはある。

だが、そのたびに抜群の機転と身体能力で、あるときは拘束をとき、あるときは敵を組み伏せて窮地を乗り越えてきた里香。

「渚と綾奈が……こんなことするなんて」

想定もしなかった妹たちからの愛撫、そして憎むべき男からの憧憬と妄執がないまぜになった奉仕。

「ああっ……おかしくなっちゃう……どうすればいいの？」

それは敵の目をくらませるための姦計ではなさそうだ。

「全部忘れて狂っていいんだよ。渚や綾奈みたいに。僕が全部悪いんだ。こんな卑怯で汚い変態に嬲られたら、どんな女性だって狂ってしまう」

いつの間にか涼しい瞳に涙が浮かんでいる。気丈さは消え、この異常な状況への抵抗感さえ溶けていこうとしているようだ。

「渚、綾奈、里香さんは悪くないよね」

「ええ、だって、仕方がないの」

「こんなに悪くて、すごくて、優しいターゲットなんて初めてだもん」

姉に免罪符を与えるように、美姉妹は懸命に舌を使う。

「はんっあふううっ、渚……綾奈……」

乳首を吸われ、転がされ、ときには首筋から耳たぶへ、妹たちの舌が優しく愛撫を注いでくる。肌が粟立つたびに妹たちへの愛おしさが増していく。

「くううっやああんっ」

そして尖りきったクリトリスから身体の中心を撃ち抜いていく、甘く熱い銃弾。それは小さなねじの形をしていた。

「どうやら、里香にもMっ気がたっぷりありそうだね」

「そ、そんなわけ……」

「ならば、今すぐ縄を解いて、僕を叩きのめせばいい。シークレットエージェントなら簡単だろう？」

「だって、渚と綾奈が……あくっふううっ」

「そう、二人とも僕を叩きのめして抜け出そうとすればいつでもできる。でもしない。マゾだからだ。僕の見たところ里香、君も同じだ」

「そ、そんなことがあるわけ……」

雑な遺伝説を唱えた渚が、姉の乳首を舐めながらコクコクと頷《うなず》いた。

「あひいっ……いやあんっ……」

一転してクリトリスに叩き込まれる高速タンギング。

敏感な肉芽が、愛に満ちたねじの連射に翻弄される。

「あうっ……たまらないっ……」

黒レザーを纏《まと》い、両胸と秘園を露出させた九等身に薄く汗が滲み、全身から甘く淫らな陽炎が立ち昇る。

「はううんっ……だめえええっ」

自分の舌遣い一つで、憧れのビーナスを、誰もが振り返る超絶美貌の主を、思うがままに弄ぶ。その快感に、浩の心と身体は沸騰して今にも気化してしまいそうだ。

(ほんとうに嫌がっているのなら)

舌先の動きを保ったまま浩は思う。

(里香さんを解放して……)

だが、ビーナスの体液もどんどんと温度を上げ、沸点に近づいているのではないか？

「あひいっ」

クリトリスの包皮をむいて、軽く吸い上げると、ビーナスの悲鳴はそのオクターブを上げた。

「気持ちいい？」

妹たちが、優しく覗き込むダイヤの瞳は蕩けている。

「里香ねえ……」

綾奈が差し伸べた舌を里香は拒まない。むしろ積極的に舌を絡め、垂らされた甘い唾液をコククと呑み下していく。

姉妹の営みはエロスよりも、むしろ崇高な愛を感じさせるものだった。

むかれたクリトリスに舌の先端でかすかなトレモロを送り込む。

「あひいいっっ……」

「里香、どうする？　ここで解放してあげようか？」

愛液でびしょびしょになった唇で顔をあげて尋ねる。

「そ……それは……」

超越美貌が困惑に溶けていく。

言葉の代わりに流れ出した華蜜がその答えだった。

「おねえ、素直になって」

耳たぶをしゃぶりながら、次女が囁《ささや》く。

「ああんっ……いやっ……やめちゃいやあっ」

高貴なビーナスが、今は一匹のメスに堕ち、泣きじゃくるように願っていた。

「里香、可愛いよ」

ポジションを変えた浩は、愛液まみれの唇で里香の唇を奪う。

四千人の想いがこもったキスだ。

佐倉里香は、妹たちを犯し、そして今自分にもその魔手を伸ばそうとする優しい凌辱魔の舌に、自らの舌をねっとりと絡めていった。

第六章　姉妹立位同時絶頂

1

カオスに満ち満ちた調教ルーム。

ソファにどっかりと掛けた水瀬浩は、正面に正座した新しい奴隷を、冷たく、だが慈しむような眼で見下ろしていた。

「ああっ、そんな目で見られると……恥ずかしい」

全裸で胸縄を掛けられ後ろ手に縛られた三十二歳のビーナス。

陶磁器のような九等身にはシミ一つない。涼しげでシャープな双眸《そうぼう》。つんと延びた高い鼻梁、薄くしまった唇。笑うとまぶしいほどに輝く真珠の歯。そして背中へと流れるつやつやの黒髪。

美貌が羞恥にわずかに紅潮している。

「ほんとうにきれいだ」

「やんっ」

甘えるようにくねる九等身。九十センチのバストは上下の縄でくくり出されることでその量感を強調されている。乳首はつんと上を向き、円錐形は重力に逆らうかのようにまったく垂れることがない。五十八センチ、キュッと引き締まったウエストから、正座し張りつめた太腿。

非の打ちどころがない完璧な裸身が、被虐のオーラに包まれている。

「私が、奴隷になったら、ほんとうに出頭してくれる？」

美脚の中心から叢《くさむら》と秘園の上部をのぞかせて、ビーナスは小首を傾《かし》げた。

キュートでセクシー、天使のような娼婦のような、ありとあらゆる対義語を並べても表現できなギャップから、男のハートを撃ち抜くエロスの矢が無数に飛んできて大けがしそうだ。

「ああ、約束は守るよ」

頂点近くまで追いつめたとき、そのまま隷従を強《し》いれば里香は堕ちていただろう。

それでも、あえて隷従に交換条件をつけた。

自分の奴隷になって一晩弄《もてあそ》ばせてくれれば、出頭して身柄を拘束させると。

憧れの美女をいたぶりながらも、里香の立場を考えて考えて考え抜いていた。

三人とも、このまま手ぶらで返したのでは組織の信頼をなくすだろう。

最後までいかせてほしいと懇願した里香も、妹たちの前で惨めな姿を晒すことには抵抗があるはずだ。

「君たちが望むタイミングで、間違いなく出頭する。そこからは煮るなり焼くなり、好きにすればいい」

最初に綾奈が乗り込んできた日から数日で、浩は「ハッピーアワー」の組織を作り変えていた。「自律分散型」。難しげだが、なんのことはない、各メンバーの意志と善意を信頼してフリーで走らせる。浩自身も誰がどこで何をしているのかがつかめない仕組みだ。

「ハッピーアワー」は、社会を蝕《むしば》む心の病から人々を救いたいと志す漢《おとこ》たちが集《つど》う梁山泊だ。自律分散で何の問題もない。

「ただし、里香が絶対服従の奴隷になること。この条件は変わらない」

組織を作り変えたからと言って無条件で出頭することは股間が許してくれない。

水瀬浩は本物の変態だ。

ただ、取引というかたちを取れば、本当は被虐衝動に突き動かされている里香も、妹たちに申し開きができるだろう。むしろ正義のために自分の身体とプライドを投げ出したヒロイン足りうる。逃げ場をつくってやったのだ。

水瀬浩は、本物の変態で、賢く、優しい男だった。変態にもナイスガイはいる。その条件を聞き入れた佐倉里香は自ら背中で両腕を組み、縄を受け入れたのだ。

「さて、それじゃあ誓ってもらおうか。絶対服従をな」

あの、憧れ、恋焦がれた佐倉里香が、目の前で縛られて正座している。しかも全裸で。思えばずいぶんと遠くへ来た。

「で、でも……」

誇り高い薔薇のプリンセスは、その言葉さえ想像できないようだ。

もじもじと裸身をくねらせる姉に、愛らしいチアガールと妖艶なレースクイーンが耳打ちをする。姉想いなのか、姉を引き下ろしたいのか？　たぶんどちらもだろう。

「ご、ご主人様……里香は……私、佐倉里香は……ああんっ言えないっ」

「そうか……じゃあ、出頭の約束はなしだ。解放するから手ぶらで帰ればいい」

「それでいいの？　このままじゃ、ご主……じゃない、水瀬のやりたい放題よ」

可憐な美少女が姉を優しく叱咤する。どうも末っ子が一番たちが悪そうだ。

「ご主人様……私、佐倉里香は、ご主人様のど、奴隷としてお仕えすることを誓います。ご命令なら、どんな恥ずかしいことでも致します。もちろんこの身体も心もすべてご主人様に捧げます。だから、どうぞお好きなように虐めてください」

極上の美貌とプロポーション、抜群の知性、そしてすべてがプロ並みの身体能力、木川田厳以外すべての男を見下して生きてきた佐倉里香にとって、それは薔薇のプライドを打ち砕く、狂わんばかりの屈辱だろう。

深く上体を折り、床に額をこすりつける、背中で縛《いまし》められた手首、握った白い指が切なげに震えている。

十秒もたっただろうが、頭を上げようとした里香に叱責が飛ぶ。

「誰が勝手に頭を上げていいと言った」

「ご、ごめんなさい」

ふたたび床に額をこすりつける。

十二年前には歯牙にもかけず、記憶からも消えていた男に、今は全裸で叩頭《こうとう》し、叱責を浴びる。だが、その屈辱にもかかわらず、バストトップが硬くしこり、叢下の泉が再び蜜を湧き出させていることに、里香自身気づいてはいないようだ。

「あうっ」

裸足の足が、頭に載せられ、柔らかく後頭部を踏む。

「どうだ、たかがねじごときに頭を踏みつけられる感想は？」

水瀬浩は、いいやつなのだが、わりと根に持つタイプだ。

「うれしいだろう」

極限の屈辱にビーナスは耐えなくてはならない。

「は、はい……嬉しいです」

脇で姉の惨めな姿を見つめる妹たちも思わず絶句している。

「そうだよ、それでこそメス奴隷だ。お前は何だ？　言ってみろ」

「ご、ご主人様に虐めていただくために生まれてきた、みじめなメス奴隷です」

紡がれたのは信じられない言葉。

屈辱の極北で、鮮やかな薔薇の花弁は凍りつき、砕け散ったかのようだ。

プライドの高い女ほど、堕ちるときはとことん、奈落の底まで堕ちる。先人たちの言葉は真実だった。

「顔を上げろ」

ゆっくりと上半身が起き上がり、その美貌が露《あらわ》になる。

2

黒髪を後方に振って現れた美貌は、里香であり、里香ではなかった。

明らかに陶酔の色が浮かび、わずかに口角が上がっている。被虐の喜悦に目覚めたのか。

後頭部を踏まれていたわずか数秒。恥辱の沼が、プライドを隷従に、気品を惨めさに変えていた。

「どうだ、妹たちの前で奴隷にされた気分は」

「はい……とっても嬉しいです。ご主人様」

妹たちと同じように、三十二歳の超絶美女も、あでやかでいじらしい転生を遂げた。

妹たちも、呆然と、でも祝福するように姉の転生を見届けていた。

「里香ねえ」

「すごく綺麗」

舞い降りたのは、両腕を縛られた背中から純白の羽を生やした被虐の天使だ。

「何でもするな？」

「はい、里香はご主人様の奴隷ですから……」

そこに逡巡《しゅんじゅん》も迷いもない。自らの運命を完全に受け入れた無垢なマゾヒストが微笑んでいた。

「しゃぶれ」

チノパンと下着を脱ぎ捨てると、そこにはギンギンに昂った逸物がそそり立っていた。

「あん、ご主人様のがあそこまで大きくなるなんて」

「わたしも、見たことがない」

妹たちは嫉妬交じりにささやきあっている。

そう、十二年間の想いが、そして四千人の男たちの無念が、浩の逸物に宿り、その限界を突破しているのだ。

「ご奉仕……させていただきます」

縛られた裸身。正座したまま見上げられただけで、普通の男なら達してしまうかもしれない。ビーナスは、従順で、甘えるような、それでいてどこか挑発的な表情を浮かべている。

「あはぁ……」

大きく伸ばしたピンクのビロードは、甘いシロップに濡れている。

もはや嫌悪や屈辱などみじんも感じられない。首輪こそしていないもののその表情は犬と同じだ。

舌先がシャフトの根元に触れようとしたそのとき、またしても叱責が飛んだ。

「どこから舐めるつもりだ。奴隷ごときがいきなり竿を舐めようなんて厚かましい」

「ああん……ごめんなさい」

哀しげに首を傾ける里香。震える唇は凜としたエージェントではなく、畏敬の存在の前でひれ伏す牝だった。

浩は綾奈にも渚にも、意地悪な調教は施してきたが、こんなにきつく接したことはない。どこか優しさを滲ませた調教だった。

だが、里香に対してだけは違う。徹底的に、心と身体の奥の奥まで、絶対服従を刻み込むのだ。それは恨みなどという小さな感情とは無縁の思い。憧れに憧れたからこそ、思いつづけてきたからこそ、完璧に堕としたい、自分の一部として溶け合ってしまいたい。

虐め、辱め、調教するといった枠を超えた、原初の衝動が、浩を動かしている。

「どこからご奉仕すればよいでしょう？　ご主人様、なんなりとお命じください」

黒髪ロングの凛とした美女が、背筋を伸ばし、胸縄を受けた姿勢で、従順に、真摯《しんし》に飼い主を見つめる。

（あっ！）

渚が小さな叫びをあげた。

（わかった！）

被虐美の頂点ともいえる姉の姿に見とれていた綾奈が怪訝な表情を浮かべた。

（なによ、なぎねえ）

今いいところなのにと言わんばかりだ。

（あれ！　あのパネル！）

指さしたのは壁に掛けられた美女の緊縛写真。

（見たことあると思っていたら、おねえにそっくり！）

あまりに身近すぎて気づかなかったが、おそらく平成の前期に撮影されたと思われる、黒髪ストレートのスレンダーな緊縛美女。胸縄を受けて愁いを含んだ表情は、里香によく似ていた。

おそらく、浩はコレクションを増やすなかでそのグラビアに出会い、憧れの人によく似たその面影に魅了された。しかも、それはどんなに願ってもかなうはずがない、全裸の緊縛写真だったのだ。拡大してパネルにし、神棚のように飾っていても無理はない。

(ご主人様は、そこまで……)

(里香ねえのことを……)

愛奴姉妹は、嫉妬と羨望、そして感動に涙を滲ませている。

そんな思いに気づかない、鈍感で優しく、純情な嗜虐者は、自らの両足を膝抱《がか》えにして、美麗奴にそのアナルを晒していた。

「ここからだよ。お前には尻穴でももったいないほどだ」

拝跪《はいき》したいほどの美貌と気品を持つ生まれたての奴隷。だからこそとことんまで墜としたい、汚したい。屈折した情動が浩を突き動かしている。

「ああん……ひどいわ」

「いやなのか?」

「いいえ、喜んでご奉仕させていただきます。ご主人様のお尻」

状態をわずかに起こして、汚辱の穴に透明な美貌を寄せていく天使。

震える舌先が、茶褐色のリングに触れる。

「おおっ……」

うめきをあげたのは浩だった。

(あの佐倉里香が……全裸で……縛られて、俺の……俺のケツを舐めている)

四千人の男たちの中でさえ夢想したものはごくわずかだろう。

それがいま現実になっているのだ。ドリームズ・カム・トゥルー・アゲイン。やはり夢想は現実を変えていく。

「あはあっ……」

ピンクの舌先はくすんだリングを丁寧になぞったあとで、ついにその奥へと入り込んでいく。

「美人エージェント様も大変だな。妹たちを守り、悪をとらえるために、男のケツ穴までなめなくちゃいけないんだからな」

嘲弄《ちょうろう》の言葉は、生贄に被虐の沼に堕ちるエクスキューズを与え、罪の意識を少しでも軽くしてやる思いやりでもあった。

「どんな味がする?」

「はあんっ……すこし、苦くて……でも、美味しいです……ご主人様のケツ穴」

「綾奈も渚もこんなことまではしないぞ。里香はほんとうにマゾなんだな」

気鋭のシークレットエージェント、不可能なミッションなどない。現代日本のマタ・ハリ。一部で数々の賛辞をほしいままにしてきた超絶美女が、今は惨めに男の尻穴をぺろぺろと舐めている。

「おっしゃらないで……もしかしたら……遺伝なのかも」

惨めで美しい姉の姿を呆然と見ていた渚が、小さなガッツポーズをした。新説は叩かれるが、検証に耐えれば定説となる。事実がすべてに優先する。それが科学だ。

3

「ほら、舐め上がってこい。今度はここだ」

指さしたのはパンパンに張った陰嚢。

「あん、意地悪……まだ、オチ×ポを下さらないのね」

薔薇のプライドを砕かれた里香は、恐ろしいほどの媚態を示すようになっている。甘く潤んだ瞳、不満げに鳴らす鼻、愛らしく尖らせた唇。そしてこぼれ出す卑語。すべてが男の心を散弾銃のように撃ち抜いていく。

「はああんっ……こっちも……すごく美味しいの」

かつて妹たちが奉仕を捧げたのと同様に、いやそれよりももっと濃厚に、三十二歳の生贄は、袋のしわの一本ずつに甘く透明な蜜を注ぎ込んでいく。

「気持ちいいですか？　ご主人様」

「ああ。最高だよ」

傍らで見守っている渚と綾奈は、少しだけ不満そうな表情を浮かべている。

（うちらのほうがもっと上手《じょうず》なのに）

（そうよ、なのにご主人様ったらデレデレしちゃって）

女の嫉妬と姉妹のライバル心は、これからも、続いていくのだろう。

「あはあ……美味しいです……ご主人様の……」

「俺の何がうまい、はっきりと言え」

昂ったシャフトで、二度、三度、ピタピタと里香の頬を打つ。

「ああんっ……意地悪ぅ……ご主人様の……キ・ン・タ・マ」

最後のマの音がかすれるのが色っぽい。

「おいおい、まだ竿もしゃぶってないのに、乳首がビンビンだぜ」

「やあんっ……言わないでえ」

浩の指摘のとおり、バストトップの華は硬く尖っていた。

倒錯した行為が一方的な強要ではない証《あかし》だ。

「感じているのか？」

「知らないっ……」

生まれたての麗奴は、すねたように鼻を鳴らした。

（なに、里香ねえのあの態度）

（いつもは男なんてって言ってるくせに）

妹たちが嫉妬に狂い、エキセントリックなコスプレ姿をよじっているさまも、またいじらしい。

「美味しいです。今度は……ぬふっ」

大きく開けた唇の中へ、片方の袋がまるまる吸い込まれていく。

「おおおううっ」

思わず上げるうめき声。

玉を片方、袋ごと吸い上げられたのだ。

あの指先さえも届かなかった高貴な美女が、今はあさましく自分の玉を袋ごとしゃぶっている。しかも縛られて嬉々とした表情でだ。

凌辱の神様がいるとすれば、浩は今明らかにその祝福を受けていた。

クチュクチュと玉を袋ごと吸いしゃぶる音が響く。

「お口の中がいっぱいになっちゃう」

暫時《ざんじ》、唇を離して恥じらいながら破顔する里香。一度は凍って砕け散った薔薇が、被虐の色をまとって返り咲いている。

「今度はこっち」

その表情は、いたずらっ子のように愛らしい。

反対側の袋を口に含むと、まるで妹たちに見せつけるように、頬をすぼめ、クチュクチュと吸い上げる。

「いいなあ、あんなのウチらしたことないよね」

「あの発想はなかった……」

妹たちは、改めて姉のすごさを知ったようだ。

「里香……そろそろ……」

浩は、焦らされることに耐えかねたように声をあげた。

「舐めてほしいですか？　オチ×ポの本体」

「ああ……舐めろ」

「そんなんじゃ……だ～め」

ぷうっと頬を膨らませて支配者を甘く睨む。

（あざとっ！）

（三十二であれは……）

妹たちは呆れているがやりすぎぐらいがちょうどいいのだ。輝きを取り戻した愛奴は、唾液にまみれた袋に頬を付けながら、シャフトにねっとりと息を吹きかける。

「舐めてくだちゃいってお願いして」

いつの間にか攻守が入れ替わっていた。しかも新たな変態要素が加わり、状況が錯綜している。

「舐めて……舐めてくだ……ちゃい」

たぎるシャフトが拒否することを許してくれなかった。浩は言葉責めを受ける側の気持ちを初めて味わった。嫌いではないかもしれない。

「わかりました。ご主人様はいい子ですね～」

ノリノリの美女は、勝ち誇った微笑を浮かべると、大きく舌を伸ばして、根元からゆっくりと舐め上げていく。

筋張った灼熱に蜜をコーティングするように、隅から隅まで丁寧に舐め上げる。

「ああ……すごいよ。里香」

「オチ×ポ、すごく美味しいです」

裏筋から側面まで、一ミリの隙間もできないように、愛奴は丹念に唾液を塗り込めていく。その丁寧さとシャフトに対する敬意は、三姉妹全員に共通していた。美貌のタイプこそ異《こと》なるが、肉柱を舐め上げる横顔はそっくりだ。遺伝説はどうやら正しい。

根元から雁裏へ、縛られているために頬にかかる黒髪を分けることができず、里香はじれったそうに美貌を振って髪を後ろに流す。その表情は寒気がするほどに妖艶だった。

「今度は、ここです」

ご奉仕リップのエレベータが何往復したかわからないほど昇降を繰り返した後、三十二歳の薔薇奴隷は、先端にキスを注いだ。

「こんなに……お汁が……」

舌先で、予兆の液体をすくい上げる。

「これも……美味しい……」

うっとりと頤をのけ反らす里香。舌先と鈴口に粘り気のある糸の橋ができた。

シャフトがびくびくと脈を打つ。

「感じてくれてるんですね。嬉しい！」

Mの女神が降りてきたのだろう。美女はすっかり被虐のベールに包まれていた。

「里香だって、こんなに……」

両手を伸ばして、ロケットバストをアンダーハンドで揉みながら、尖りきった乳首をこねまわしてやる。

「あうぅっ……ああんっ……意地悪ぅ」

先端に甘い鼻息が反撃するようにかかる。

今度は足指が正座した太腿をこじ開けて、奥の秘園に到達した。そこはぐしょぐしょに熱く濡れ、まるで熱帯の湿地のように溶けている。

「やんっ……そんなのずるいっ」

右足の親指が器用に花弁の中に入り込むと、ビーナスは甘く悲鳴をあげた。

「俺だけが気持ちよくなったんじゃ、可愛い奴隷に申し訳ないからな」

「そんな、だってご奉仕しろって命令したのはご主人様なのに」

黒髪の美麗奴は、またしてもあざとい表情で鼻を鳴らした。

それはもう調教というより、恋人たちのじゃれ合いのようなやり取りだ。

「いっぱい、気持ちよくしちゃうんだから」

口ぶりと成熟した美貌のギャップが浩のハートを撃ち抜いた。

ねっとりと甘い舌先が、雁首の周りをゆっくり円を描くようになぞっていく。優しくエッチな夢のメリーゴーランドが、緩やかに上下しながら、ときには方向を変えて、何周も回りつづける。

「里香、ご主人様のオチ×ポ、大好き」

その甘えるような表情は、バイクをドリフトさせて乗りつけた黒い女豹と同一人物とは思えない。変わっていないのはそのシャープな眼がらんらんと光っていることだけ。ただし、乗りつけたときは精悍《せいかん》な闘志を秘めていた光が、今は淫蕩な被虐の悦光に変わっていた。

かぽっという音とともに、ついに女豹は浩の剛直を咥え込んだ。

「んんっんぐっ……あむうっんんんっ」

美しい眉根に皺を寄せて、すっぽりと呑み込んでいく。

縛られた全裸の九等身、頬をすぼめても変わらない薔薇の美貌、肉幹全体に与えられる甘く柔らかいバキューム。

すべてのS男が憧れる、完璧な瞬間が奇妙な地下室で結実している。

「あむっ……んんんっ……んぐっ」

バキュームはいつしかイラマチオに移行している。喉奥を使って全身全霊を捧げるいじらしい三十二歳の薔薇が、被虐美に輝いている。

「うおおおっ……里香、最高だよ」

「んんんっ……ぐむうっ」

激しく美貌を上下させる里香の唇からくぐもった音が響く。

「ああっ……やあんっ」

「なんて……あんっ……エッチなの」

支配者と愛奴の声に、新しいハーモニーが重ねられていた。

十八歳のチアガール、綾奈は、自らストライプのシャツの上からバストを揉みしだき、アンダースコートの中に指を入れている。

「いやんっ……こんなの見せられたら……我慢できないっ」

レモンイエローのハイレグレオタードを着た二十五歳のレースクイーン渚。

妹と同じようにバストを揉み上げ、レオタードの下につけたタイツを爪で切り裂いて直接秘園に指を伸ばしている。

「あっはああ」

「ううんっ……」

「二人とも……変態なんだから」

息ぴったり。喘ぎ交じりの非難までがハモっている。

ディープスロートに耽り激しく上下動を繰り返す、縛られた薔薇の両脇で、喘ぎながら腰をくねらせる、二本の淫らなダンシングフラワーが揺れていた。

4

「んむっ……ぬぐうっん……」

美貌を歪ませた被虐の天使は、いつのまにか支配者の両手に黒髪をつかまれ、意志とは関係なく頭部を上下させられている。

「どうだ里香、お前の口はおれのチ×ポを呑み込むための、クチマ×コなんだよ」

「ぷはあっ」

息継ぎのために浮上したマーメイドのように、里香は上気した美貌を上げた。

「は、はい……里香の……クチマ×コ……ご主人様のお好きなようにお使いください」

もう、妹たちを守るという大義も、浩に出頭を促《うなが》すという名分もない。

被虐の本能だけがむき出しになった生身のメスが、殻を割った生卵のようにどろりと存在していた。

浩は内心で半ば感動し、なかば呆れていた。縛られた女は美しい、先人の言葉は真理だ。一方で縛られた女ほど貪婪《どんらん》で能動的な存在もいない。世界中の快楽の粒をすべて自分だけが呑み込むのだという意志が、被虐の涙の中に宿っている。

(いじらしい、でも恐ろしい)

姉の両横では、美しい二十五歳と十八歳が、手淫に耽っている。もうコスプレはほとんど剝ぎ取られ全裸に近い状態だ。彼女たちも底知れぬ貪婪さを湛《たた》えている。

「ああんっ……里香ねえ……すごくいやらしい」

「もっと、もっとエッチになってぇ」

淫らな歌声をあげ、男を悦楽の激流に誘い込む。

すべてのM女は、伝説のローレライなのかもしれない。

「お願いです……もう、里香我慢できないの……だから……だから……」

耐えかねたように剛直を吐き出した里香は、蕩けた瞳に涙を浮かべて懇願する。その涙が喉奥を使った苦しさのためか、貫かれることへの切望のためか、おそらく里香自身にもわかっていないはずだ。

「だから?」

堕ちていくのは、被虐の奈落。いっさい光が差さない官能の闇。

気高い薔薇は最後の決断をしたようだ。自分はその一番底の沼地で咲きつづけるのだ。

「里香の……変態マゾ奴隷里香のスケベなオマ×コに、ご主人様の逞しいオチ×ポ様をぶち込んで、里香をめちゃくちゃにしてくださいぃぃぃぃ！」

懇願の最後は号泣に変わっていた。

ずっと妹たちを守ってきた責任も、日本の安全を全知全能を注いで陰で支えるミッションも、今はすべてを忘れていいのだ。メスとしての祝福を浴びていいのだ。

赦《ゆる》しと喜悦。その前にビーナスの魂は打ち震えているようだ。

「里香……」

ソファを降りた浩は、縛られた裸身を優しく抱きしめたかと思うと、祝福のキスを注いでやる。

「あはあっ……」

蕩けきった表情で、浩の舌を貪《むさぼ》る里香。その秘園からは、大量の蜜が溢れ出し、大理石の太腿を伝い落ちている。

上下から涙を流す被虐のビーナスと、キスを注ぐ心優しい嗜虐者。その姿はまるで宗教画のように美しい。

「里香ねえ……」

「きれい……」

妹たちも自慰行為すら忘れて、涙を浮かべた目で姉を優しく見つめている。

「ほら、バックから突いてやる。この変態女が」

罵倒が祝福であり、言葉の愛撫だった。

柔らかく肩を突くと、ヒロインは膝を突いてヒップを高く上げ、肩と美貌で自重を支えた。

美しく淫らな三角形のシルエットが、調教ルームに浮かび上がる。

「すごく、いやらしい眺めだ。後ろから丸見えだぜ」

「いやあんっ……里香のすけべマ×コ……恥ずかしいっ」

もはや卑語を口にすることに悦びさえ覚えているようだ。

バックの位置で膝立ちになり、たぎりきった先端で、アナルを軽くノックする。

「そのうち、こっちも犯してやるからな」

「あうっ……はい、里香はお尻もご主人様に捧げますわ」

「まだ気取ってるのか？」

執拗に続けられる言葉嬲り。

「ああんっ……ごめんなさい……里香は……け、ケツ穴も……ご主人様に捧げます」

くるくると舞いながら、深紅《しんく》の薔薇は奈落の闇に堕ちていく。

「今は、里香のスケベマ×コのほうだ」

「ああんっ……嬉しいっ！」

くにゅり。

極太の太刀先が、淫肉を掻き分けて侵入していく。

「あぁっ……はううううっ！」

背中がのけ反り、妹たちも聞いたことがない甲高《かんだか》い声で美畜は鳴いた。

「すごいいっ」

拘束された両手の指が、背中で握ったり開いたりを繰り返す。

両膝と両肩、そして美貌だけで自重を支えるつらいポーズなのに、それを苦渋とみじんも感じさせないのは、鍛え抜かれた体幹と、それを貫く悦楽のためだろうか？

「ふんっ！」

もう焦らすのは可哀そうだ。そう考えた浩は一気に奥まで強烈な一番槍を突き通す。

「あひいいいっ」

甘美な絶叫も無理はない、日本人離れしたプロポーションを拘束され、秘園を浩に、そしてバストトップに至っては実の妹たちに嬲られ、嗜虐者の尻穴まで舐めて隷従を誓ったあとでやっと与えられた喜悦なのだ。

砂漠を彷徨《さまよ》う旅人がやっとオアシスにたどり着いたように、秘園は悦楽の甘露を夢中になって貪っていく。

「ああっ……素敵です。ご主人様のオチ×ポ」

床につけられた美貌が幸福そうに溶け、身体を支える大理石の太腿がひくひくと震えている。

「この、変態マゾ女が」

真珠のように輝く尻肉を一発二発と叩いてやると生贄はさらに甘く鳴いた。

「ああっ……お尻、もっとぶってください」

自らヒップを振って打擲《ちょうちゃく》をねだる。M女の業《ごう》はどこまでも深い。

ピシッ、ピシッとスナップを効かせたスパンキングを送るたびに、里香は喜悦の悲鳴をあげ、蜜壺が連携するかのように浩の剛直を締めつけてくる。

「おお……こんな感触……」

収縮が多層に別れ、何段にもわたる波状攻撃を送り込んでくる。渚の「数の子天井」とはまた異なる「三段締め、四段締め」と呼ばれるタイプの名器だ。だが、里香のそれはもっと複雑でいったい何段あるのかわからない、どこからでも変幻自在に締めつけ、さらに襞がまとわりついてくる。

最高の女は、最高の武器を隠し持っていた。

「ああん……そんなに突かれたら壊れちゃいそう」

媚肉の包囲網を掻き分けるようにして、二度、三度と送り込むストローク。微細な淫液の泡が生まれ、豪槍を溶かそうとしてくるが、それでもご主人様の矜持《きょうじ》にかけて先に果てるわけにはいかない。

額に汗をかいて、緩急とアングルを変えて、懸命に愛奴を喜ばせようとする水瀬浩は、優しく勤勉な嗜虐者だった。


「ああんっ……里香ねえ……きれい」

「はううっ……ご主人様……優しい」

それぞれが里香に勝るとも劣らない美しさを持つ妹たちは、チアガールの、そしてレースクイーンのコスプレを脱ぎ捨て、全裸で立位オナニーに耽っている。

二人の双眸には、尊敬する姉への祝福と嫉妬が混在していた。

「あんっ、綾奈も……オマ×コ熱くなってきちゃってる」

「私も……ぐちゅぐちゅ言ってるの」

引き締まったプロポーションが、悩ましくくねる。淫乱で美しい妖精たちは、自らの指の刺激によって、艶めかしいダンスを続けていた。

5

パンパンという肉打ちの音が響きつづけている。

里香の蜜壺の中は沸騰した華液に満ち、浩の肉槍を溶かさんばかりだ。食虫植物が獲物を溶かすような凶暴さを湛えた、甘く、柔らかく、危険な媚肉。

「綾奈も、渚も、いいけど、里香が一番すごいかも」

綾奈の若々しい締めつけ、渚のねっとりとした粘膜とその奥の数の子天井、それぞれがおそらくトップクラスの名器のはずだ。だが長女のそれは、妹たちよりもさらに上に思えた、それがワインのように熟成を重ねた結果なのか、天性のものなのかはわからない。

確かなのは、硬さも大きさも十分なはずの分身が、消失しそうなほど、その中は甘とだけだ。

い暴風雨が吹き荒れ、得体の知れないタコのような魔物に絡みつかれ絞られているこ

「ああんっ……うれしいっ」

「ううっ……このままじゃあ」

腰を使っても、スパンキングを与えても、里香はそれ以上の締めつけを返してくる。

（でも、なんとか先に里香をイカせてあげなくちゃ）

下半身の溶解と暴発を懸命に抑え込みながら、優しいサディストは里香の腰を抱えた右手を外し、秘園に延ばす。

「ああんっ……ご主人様のオチ×ポ、最高に気持ちいいの」

不自由なポーズのまま、ビーナスは自ら腰をうねらせ悦楽を貪り尽くそうとする。

なんとか、指先が揺れる秘園にたどり着いた。

フル勃起したクリトリスに優しくタッチ。

「あひいいっ！」

蜜洞の中の豪槍だけでも心身を震わせるのに十分だったはずだ。

そこに加えられた別方面からの銃撃。甘美な弾丸が、ビーナスの全身を貫通する。

「あん……あひいいっ……くううんっ！」

蜜洞と愛の芽、豪槍とスナイパーの波状攻撃はいっきに形勢を逆転させた。

「そんなの……そんなのって……あふうんっ」

挟撃は、いつの世も絶対優位の戦略だ。

「やんっ……だめえっ……」

鳴き声が肉槍のワンストローク、指先のワンタッチごとに高くなっていく。

「ああんっ……もう、イキそうです……イッても……イッてもいいですか?」

「そうだなあ、これからも絶対服従の奴隷でいるなら考えてもいいかな?」

自分自身も暴発寸前のくせに、無理してブラフに出る。見栄っ張りな男だ。

「あひいっ……誓いますっ……これからもずっと里香は……ご主人様の奴隷です」

「イキたいだけイッていいよ。可愛い里香」

クリトリスに最後のワンタッチ、肉槍でウイニングショットを叩き込みながら、浩は貝殻の耳朶に優しく告げた。

「あああああっイクッイクッイイイイッッッッックウウウウウウ!」

縛られた裸身がびくびくと痙攣した一瞬ののち、肉槍の先端からも白濁がとめどなく噴出した。

「はあっはあっ」

浩にはひくひくと震える裸身の周囲を小さな光の粒が飛び交っているさまが見えた。

恋焦がれるあまり、川面《かわも》を飛ぶ螢さえもが、飛び去っていく自分の魂のようだ、という古《いにしえ》の恋の歌。

（あくがれいずるってこういうことかな）

もの思う浩の耳に新たな淫声が響く。

「ああんっ……わたしたちも……」

「いっちゃううううううっ」

見上げると、十八歳の二十五歳のビーナス姉妹が、立位オナニーで絶頂を迎えようとしていた。

「イクイクイクっ！　イックウウウウ！」

またしてもアクメの声までがシンクロし、中空の二つの花園から、一気に潮が噴出して床を濡らしていく。

「ほら、妹たちが汚した床だ。長女が責任をもって綺麗にしろよ」

オーガズムに痙攣している里香の縄目を持ち、上体を上げさせて妹たちの恥跡を見せつける。

「ああん……ごめんなさい」

「おねえにそんなことさせないで……」

里香は優しい微笑を浮かべた。

「いつも言ってるでしょう。あなたたちは私が守るから、自分の生きたいように生きなさい」

里香の瞳が浩に向かう。

「ご主人様の命令にはすべて従います」

薔薇の精は床に舌を伸ばして、愛液を舐め取っていく。

「そんな……汚いわ」

「可愛い妹のためなら何でもできるの。それが長女よ。これからもずっとね」

惨めに床を舐める、高貴な薔薇の圧倒的な輝きを、三人は呆然と見つめていた。

第七章　三人の奴隷天使たち

1

「ねえ、ご主人様……今度はこれで……私を虐めてください」

バニーガールの衣装を着た三十二歳のビーナスが手にしているのは、黒光りするエボナイトの極太バイブ。その先端を妖しく舐めまわしながら上目遣いでこちらを見る表情はエロスの化身のようだ。

「だめえ、これが一番気持ちいいんだから、これでクリちゃん責められて、またあの鈴を乳首につけていじめられたいの。おねえも綾奈も、乳首ベルつけてもらったことないでしょう？」

露骨にマウントを取りにいくのは、二十五歳のミニスカポリス。ウーマナイザーを手にした、黒いレザーミニからは今にもパンティが見えそうになっている。

「バカねえ、二人とも。調教はローターに始まりローターに終わる。基本でしょ。なんならリモコンもあるし。いろんなものと組み合わせられるし。ケミストリーってそういうことよ」

十八歳のJKは、ミニスカートの奥と、ブレザーの下、バストトップにピンクローターをせっせと装着しながら言った。

里香が奴隷に堕ちてもう一週間が経とうとしている。

三人の愛奴たちにとっては、地獄のような天国が、水瀬浩にとっては天国のような地獄が続いていた。

「ねえ、どの道具で誰を虐めてくれますか？」

嬉々とした表情で迫ってくる愛奴たち。

「いや……みんな魅力的で……ねえ？」

たじろぐ浩を見て愛奴たちは鼻を鳴らし、唇を尖らせる。

「そんなのだめぇ」

「ほら、あんたたちがわがまま言うからご主人様が困ってるでしょ。話は簡単、ずっとご主人様が思ってくれてたのが私なんだから、私をバイブで……」

里香がいきなり高圧的にその場を制しようとするが、妹たちも一歩も引かない。

「いや、あのさあ、おばさ……じゃなかったお姉さん。三十二歳でバニーちゃんって、さすがに痛くない？　痛いというか寒いというか……アイタタタ……サムサムっ！」

十八歳のＪＫ。綾奈の武器は圧倒的な若さだ。

「いや、あのね……あんたのＪＫもどうかなと思うよ。まあ、おねえほどじゃないけど、けっこう痛い。ガキンチョがガキンチョの服着るのが一番痛いかも。アイタタタ。もちろんおばさんバニーなんて論外！　やっぱり女は適度に熟れた二十代半ばが……」

「あんただって大概よ、渚。なに、今どきミニスカポリスって、平成通り越して昭和か？　今昭和なのか？　それでもデザイナーなの？」

さんざん罵倒された長女がここぞとばかりにまくしたてる。

「まあまあ、ケンカしないで」

しょっちゅう起こる三人の小競り合いをなだめるのが、日課になっている。

表稼業も、裏稼業も、優秀で協調性に優れた人材に恵まれている。権力闘争など起きたことがないので面食らう毎日だ。

しかも、闘争の主役は三人の極上美女。それぞれが卒倒しそうにセクシーな彼女たちがあの手この手、あの服このポーズで、常に自分の股間を狙ってくるのだ。一人をさんざんに辱《はずかし》め、犯したあとでも、すぐに別の一人が足指を舐め、服従を誓い凌辱をねだってくる。もう、完全に満腹のはずなのだが、自分でも情けないことに「凌辱は別腹」とばかりに、新たな調教を開始してしまうのだ。

三人の輝くような美女奴隷を飼っていながら、自分自身が性欲の奴隷になり果てていた。

「ねえ、私でしょう？　だって、あんなパネルまで作って十二年も思いつづけてくれたんだから」

妖艶なバニーは、いそいそとコスチュームを脱ぎながら、壁のパネルを指した。

飾られていた清楚で可憐な緊縛美女は、変わり果ててしまっている。

両目と鼻の穴に画びょうが挿され、上品な唇にはマジックでひげが書き加えられている。今どき田舎の中学生だってこんな悪戯はしないだろう。すべて嫉妬に狂った里香の仕業だった。

「こんな女より、私のほうが断然きれい。それに写真はオマ×コもご奉仕もできないでしょ」

抜群の知性とリーダーシップを持つハニーエンジェルスのリーダーは、嫉妬にかられると中学生以下になってしまう。浩に言わせればそれは日本のSMグラビア史上に残る伝説のワンカットなのだが、バイオレント中学生の前では意味をなさなかった。

「だめえ、私でしょう？　だって、ご主人様のコレクション、いっぱい見てるうちに本当にマゾになっちゃったんだもの。それに、あの鈴の痛みと快感が忘れられないんです。もう一度あれでいじめてもらうためなら、ご主人様の足指も、お尻の穴もどこだってご奉仕します」

サバサバ系の男前おしゃれ番長が、今はミニスカポリスになってむんむんのお色気を振りまいている。店にやってくる女の子たちが見たら卒倒してしまうだろう。

「ねえ、ご主人様が一番最初に調教したのは私だってこと忘れてないでしょう？　純真な女子大生を拉致《らち》して、レイプした挙句に弄《もてあそ》んで。それでも、従順に調教を受けてきた私を一番にしないなんてありえないでしょう？」

なかば脅迫めいた言葉は、とても従順な愛奴とは言えない。それに「秘技！　トロイの木馬」って宣言して居座ったのは綾奈ではないか。

ただ、わがままＪＫ姫にそんな理屈は通りそうになかった。地味なリケジョから、チアガール、そして生意気さとあどけなさを同居させたセクシーＪＫ、化学の天才は、何にでも化けて見せる。

2

「ところで、僕はいったいいつ出頭すれば……」

そもそも、出頭を条件に里香は奴隷になることを誓ったのではなかったか？

「それは、まだ調整中。だってご主人様の裏ビジネスの情報が全然足りないんだもの」

そんなわけはない。顧客リストとスタッフリストこそ渡せないものの、ブツの製法や成分については綾奈に十分説明したし、綾奈からは改良のための頼りになる提案まで受けている。ブツを入れるパッケージについても、いつか表で販売できるようになったときのためにということで渚がデザインを考えてくれてもいる。愛らしい天使をあしらったセンスのいいパッケージだ。

「いや、これ以上なにを……」

「わからない。でもまだ足りないのは確かなの」

ほぼ全裸になり、耳だけを残した壮絶なまでに妖艶なバニーは、渋面で頷《うなず》いてみせる。

「そもそも、里香は二人を救出するために乗り込んで来たんじゃないの？」

救出も何も、鍵はかかっていないし、三人とも自由に出入りをしているではないか。なんなら丸一日ショッピングで外出していることさえある。

ミイラ取りがミイラ、どころか、しいて言えば里香が一番厚かましい。

勝手に化粧品の定期購入まで始めてしまった。しかも支払いは浩持ちだ。

もう、調教ルームでも監禁小屋でもなく、単に彼女たちの三食調教付き無料宿泊所になっている。

「じゃあ、時期が来たら呼んでくれればいいから。いい加減いったん帰ってくれない？」

「ダメなのです」

三人が声をそろえる。

「まだ、足りないから」

どうも、足りないのは証拠や情報ではなく、調教のようだ。

「まあ、いつまでも言い争っていても大切なご主人様に迷惑がかかるわ」

「それだけは避けなくっちゃ」

(その配慮ができるのに、なぜ退去だけはかたくなに拒むのか?)

浩はほとほと困り果てていた。

「こんな私たちを飼ってくれてるご主人様が一番大事」

「水瀬浩は本当にいい人」

三つの魅惑的な唇が、声をそろえて魔法の呪文を唱えた。

もはやお約束のようになっているが、それでも浩の嗜虐心は発動してしまう。

習慣とは恐ろしいものだ。

「全員そこに跪《ひざまず》け!」

命じたときには全員がほぼ半裸になっていた。

「は〜い」

耳だけを残した三十二歳のバニーガール。長身のFカップ、究極のプロポーション
から陽炎《かげろう》のようなフェロモンを放っている。

制服の上だけを羽織ったアメリカンポリス。大きなキャップの下から流れるダーク
ブラウンのウェービーな髪。むき出しになった美脚の中心に息づく秘園。派手な美貌
がうっとりと溶けて、調教を待ち望んでいた。

そして、十八歳の天才リケジョJKは、ソックスとブレザーだけという、エキセン
トリックだが男の本能をビンビンに穿《うが》つコスチューム。愛らしさと妖艶さがベストバ
ランスでミックスされている。

いずれ劣らぬ見事な淫華三輪。

跪かれて勃たない男はいない。

ズボンと下着を脱ぎ捨てて、すっくと立つ漢《おとこ》、浩。もちろん分身もギンギンだ。

「ああん……すごい」

長女、里香がごくりと喉をならして唾を呑む。

「やっぱり……逞しいわ」

次女、渚は今にもそれに頬刷りしそうだ。

「ご主人様、大好きっ」

末っ子、綾奈が無邪気に歓声をあげた。

「好きなところから奉仕していいぞ」

もう、苦笑交じりに命じるしかない。

「うれしいっ」

最初にシャフトにむしゃぶりついたのは妖艶なバニーだった。

柔らかく竿をしごきながら、鈴口を舌先でくすぐるように舐めまわす。

もう、そうされただけで暴発しそうになる。憧れつづけた美女が、今は向こうから切望して逸物を舐めしゃぶってくれるのだ。男としてこんな至福はない。

「あんっ……おねえったらずるい」

ポールポジションを取り損ねたアメリカンポリスは、バニーと美貌を重ねるようにして、玉袋に唇を当てる。

「でも、ここに丁寧にご奉仕するの大好き」

皺の一つ一つに蜜のような唾液をまぶし込んでいく。

「ううっ、うまいぞ、里香、渚」

妖しく、優しく蠢《うごめ》く天使の舌。しかも、奉仕の注ぎ手はその辺のモデルや女優など裸足で逃げ出すほどの極上美女だ。

普通の男ならキス一つで暴発しても不思議はない。

「あんっ……ふうっ……」

「はあん……美味しい……」

里香は早くも先端から唇を被せ、亀頭を甘く吸い上げてくる。

渚の舌は陰嚢だけでなく、里香がスペースを空けた根元の部分までを這いまわる。

「二人とも強欲なんだから」

呆れた表情で肩をすくめたのは愛らしい半裸のＪＫ綾奈だ。

「こっちががら空きなのに」

天才リケジョの戦術眼は少し違っていた。

「私はここが一番好き。だって、むりやり強制されてご奉仕してる感じがするんだもの」

愛らしい末っ子は、いつの間にか筋金入りのＭっ娘になっていた。

「ご奉仕、させていただきます」

自らに酔ったように、眼を伏せたあと、背後に正座し、両手で尻肉を割り拡げると、露出した粘膜に蕩けるような舌を差し伸べる。

「あんっ……少しだけ苦くて……でも、この味が大好き」

エンブレム入りのブレザーから露出したバストトップは硬く尖っている。

「綾奈、ご主人様のお尻を舐めてるだけで、濡れてきちゃうんです。スケベな娘《こ》でごめんなさい」

男の嗜虐心を極限まで刺激する一言。計算づくなのか、Mの本能なのか？　そんな問いはどうでもよかった。黒髪ショートのスーパー美少女が、自分の尻穴を舐めていじらしい服従の言葉を紡いでいる。それが事実だ。事実はすべてに優先する。

3

「おおうっ……三人とも……可愛いぞ」

局部に注がれる三つの唇、三本の舌。下半身全体を這いまわる六個の手。快感の波紋は、腰の部分から、つま先へ、あるいは背筋を伝わって脳天へと徐々に甘い痺れを伝えていく。

極上の美女三人、それも三姉妹が心から絶対服従を誓い、魂を込めた奉仕を注いでくれる。よくぞ男に生まれたり！　よくぞSとして育ったり！　この瞬間を味わえるだけで、人生には意味があると思えた。

「あんっ……おねえばっかり、オチ×ポ独占してずるい」

妹の抗議をクールなビーナスははねつけなかった。

「ごめん、つい夢中になっちゃって、こんどは渚が」

譲り際に二人はディープキスを交わした。

(え、いつのまにそんな関係に?)

渚と綾奈にレズを命じたことはあるが、里香までもが? ちょっとした嫉妬が沸いてくるから人の心というのは不思議だ。

「じゃあ、今度は私がタマタマを舐めたい」

前が空いたとみるや、すぐさま移動して陰嚢に手を伸ばす末っ子。

「ハイハイ、ここはわがままプリンセスちゃんに譲るわ」

こんどは里香が背後に回る。すれ違いざまにまたしてもディープキス。

(いったいどうなってるんだ? 俺に断りもなく)

ふつふつとたぎる嫉妬に、さすが長女だけあって里香は気づいたようだ。

「だって、私たちは三人で一つの魂。綾奈がこんなときから」

里香は地上五十センチくらいに手のひらを掲げた。

「だから、三人いっしょに奴隷になるの。離れられないくらいしっかり結びついてるんだもの。綾奈、それ、なんて言うんだっけ？」

五十センチくらいだった末っ子は、いまやグラマラスなボディを持つコケティッシュな十八歳に成長していた。

「分子結合！」

玉袋をしゃぶりながら、はっきりと答えるほどに。

シャフトを舐めまわしながら、次女が苦笑して見せる。

結びついた三つの魂。それが今、支配者の魂とも結びつこうとしている。

人は、くっつき、離れ、溶け合い、変化する、成長する、だから人生には意味がある。

とんでもない変態たちは、それぞれの道を通じて、人生の真理にたどり着こうとしていた。

「あはあっ……やっぱりお尻もすごく美味しいです」

「タマタマだって、こんなにパンパンで」

姉妹の唾液がついていることなど委細かまわず、支配者に甘い愛撫を献上しつづける。魂が溶け合っているのだ。誰の穴に誰の唾液や愛液がついていようが関係ない。

「なぎねえ、今度は私がオチ×ポをなめた～い」

幼いころ渚のアイスをねだってきたのと同じ口調でシャフトを奪おうとする綾奈に、おしゃれ番長は仕方なく宝物を譲った。

「末っ子は得よね」

今度は、渚が後ろを、里香が袋を担当する。

注がれつづける極上のトリプル奉仕。

「あんっ……美味しい……」

「もっと……おしゃぶりしたいの……」

「タマタマがきゅんって上がってる」

ポジションが次々に入れ替わり延々と繰り返されるローテーション。

それぞれが紡ぐ服従の言葉が、なぜか鬨《とき》の声のようにも聞こえる。

車懸《くるまがか》りの陣。かつて川中島《かわなかじま》で上杉謙信《うえすぎけんしん》が用いたとされるローテーション戦法。

どこかでほら貝の音がした。

佐倉軍の獰猛な美女武者たちの舌と唇が、そそり立つ水瀬の肉旗印を攻め立てる。

「ううう っ……たまらないや」

多勢に無勢、甘く押し寄せる車懸りの波状攻撃に、水瀬本陣は崩壊寸前だ。

何とか打開策を。

「よし、三人ともそこで犯してやるよ！」

狙いすました反撃の時。

「ああん……やっぱり犯していただくのが一番うれしいっ！」

乾坤一擲《けんこんいってき》の軍配が振られると美女武者たちは、そろって白旗を掲げた。

さっきまでの猛攻は影もなくなり、美脚をM字に拡げて仰臥し、貫かれる時を待つ。

「最初は私から」

ここでも美女たちは愛らしく美しい諍《いさか》いを起こす。

「最初は……綾奈だ」

先陣を切って水瀬化学商事に飛び込んできた勇気と、愛くるしい美貌。

はつらつとした伸びやかな肢体。なかなか帰ってくれないのが玉に瑕《きず》だが、それさえもが愛おしい。

「ああんっ……ありがとうございます！」

正常位でゆっくりとのしかかる。女の子に負担をかけないためには、腕を突っ張り、自重を支えなければならないが、綾奈のためなら何でもない。

「あううっ！」

けれんみのない、実直なストレートが肉襞の中に入っていく。

外見と同じく、若々しく潑剌とした媚肉。蜜洞全体がきゅっきゅっとシャフトを締めつける。

「相変わらず、すごいよ。綾奈の中」

「よかったわね、綾奈」

両側から姉たちが優しく声をかける。そこに嫉妬はない。

「あはああっ……すごく太くて、熱いの……ご主人様のオチ×ポ」

首に両腕を回して、キスをせがむわがままプリンセス。切迫したその表情がいじらしい。

半開きの唇に舌を差し込み、唾液を垂らしてやると嬉しそうに微笑んでそれを呑み下す。

「くうっ……くう〜〜ん」

ぐいぐいとストロークを送り込むたびに、子犬のような鳴き声をあげる。頤《おとがい》をのけ反らせると、白い喉が無防備にのぞいた。思わずそこにもキスを送り込んでやると、今度は両腕をほどいて大きく全身を弓のように反らす。

意外なウィークポイントを見つけてしまったようだ。

「あんっ……ご主人様に犯していただくと……すぐに……イッちゃいそうです……あ

ひいっ」

「ダメだよ。イクときはみんないっしょだ」

自身の暴発をかろうじて抑え込み、今度は渚にのしかかる浩。

綾奈は名残《なごり》惜しげにシャフトを追いかけたが、それが大好きな姉に向かうことを知ると、安心したように微笑を浮かべた。

「渚も、すごく綺麗だ」

自分のコレクションを見て、淫らな行為に耽ってしまった次女。三人の中で一番被虐嗜好が強いのかもしれない。少しボーイッシュでサバサバ系を演じているくせに、内面はこの上なく乙女。浩はそのけなげなギャップが大好きだった。

ゆっくりと奥まで。そこには例の数の子天井が亀頭を待ち受けていた。ざらつく感覚がたまらない。

「あううんっ……ご主人様、大好き！」

「僕もさ、渚」

「やんっ、ちゃんと言って」

「渚……好きだよ」

内なる乙女が姿を現し、涙が流れはじめる。同時に下からも愛の涙がこぼれ出している。

湿った破裂音が、契《ちぎ》りを称える歌のようだ。

「あんっあんっ……はうううっ」

よく通る声。しなやかにくねる抜群のプロポーション。バストトップに軽くタッチしただけで、アルトがソプラノに変わった。

クマさんアップリケで現れたときとのギャップが大きすぎる。

「もっと、もっと突いてください！」

感極まったような鼻声がセクシーだ。美脚を浩の腰に絡めて最奥まで余すところなく呑み込もうとする貪欲《どんよく》さのせいで、亀頭が常に数の子に触れている状態になる。

「ううう……すごいよ。渚」

「ああんっ……ご主人様に喜んでいただくのが一番嬉しいの……渚、何でもしますから、ずっと虐めてくださいね」

唇を重ねてやることとストロークを激しくすることが、約束の証《あかし》だった。

「あうっ……はううっ……あんっ……もう、イキそうっ……」

そのまま絶頂を貪《むさぼ》ることもできるのに、あえて口にするところが長女への思いやりなんだろう。次女もまた、宝物が離れていくことを名残惜しそうにではあるが許してくれた。

「里香」

「はい、ご主人様」

もう、言葉を告げる必要さえない。

恋焦がれたあの頃。懸命に想いを告げたあの日。トラウマを抱《かか》えつづけた十二年の歳月。

すべてが、今は輝いて見える。

意味のない時間などない。事業を起こした強い意志、裏ビジネスに手を出さなくてはいけなかった「今苦しむ人を助けたい」という思い。表で、そして裏で自分を支えてくれたすべての人たち、すべての顧客。

丹念に集めたコレクション。

送り込まれた愛らしい刺客と、セクシーな家政婦スパイ。愛ある調教。

重ねた一秒一秒が、今、里香の蜜園に収斂《しゅうれん》しようとしている。

「入れるよ」

単純な愛の言葉に、ビーナス奴隷は無言でうなずいた。

「はううっ！」

先端を入れただけで、長身がくねり、ロケットバストが揺れる。

放散される薔薇の微粒子。

舌と舌とが無言で絡み合う。

交差する視線だけで二人は愛と支配、そして服従の輝きをわかり合っていた。

「あんっ…ひぃぃっ……」

里香の中はやはり究極の名器だ。肉柱を余すところなく包み込み、何段にもわたって締めつけてくる。しかも緩急をつけて、ときには真綿のように優しく、ときには竜巻のようにらせんを描いて。

「おおうううっ」

ストロークを送るたびに、淫肉は痙攣し、ランダムな締めつけが複雑さを増す。

「里香ねえ……きれい」

「ご主人様も……すごく優しい」

妹たちは命じてもいないのに、結合部と浩のアナルに舌を這わせようとしている。

「あんっあんっ……妹たちにこんなことされるなんて」

「いいの、里香ねえ、い〜っぱい気持ちよくなって」

綾奈は自らの秘園に指を使いながら、長女を祝福している。

あの日、広間で自分を抱いてくれた優しい姉たちへの愛をこめて、自らも被虐の羽を伸ばして天空に羽ばたこうとする天使がいた。

「ご主人様も……いっぱい出してあげて……おねえの幸せが私たちの幸せだから」

妖艶な次女も、浩の尻穴を舐めながら、クリトリスを刺激している。

ここにも被虐の天使がいた。淫蕩で貪欲で、とても姉妹想いの、そして支配者に永遠の服従を誓う美しくいじらしい天使だ。

「あんっはううっいいっ！」

加速するストロークに喘ぐ長女の背中にも純白の羽が生えている。

三人目の天使は、小悪魔として数千人の男を振ってきたが、調教を受け、自らの被虐性を呼び覚まされた今は、生まれたての奴隷天使として羽ばたこうとしている。

「あんんっ、イキそう……イキそう……」

「私も……ご主人様の根元も、里香ねえのお汁も……すごく美味しい……オマ×コ、オマ×コ気持ちいいのっ！」

「クリちゃん感じちゃうっ、ご主人様のお尻、ずっと舐めていたい……ああんっ……イキそうっ、イキたいの」

湿った破裂音がひときわ高くなる。

「イクイクイクッ……イッちゃうう……イクイクイクイックうううっ！………」

三人の奴隷天使たちは、綺麗なソプラノのハーモニーを奏でながら、天空へ羽ばたいていった。溶け合った四つの魂。アブノーマルで美しい宴のあとに残ったのは、支配者の荒い呼吸音だけだった。

エピローグ

霞が関。日本の中枢に国家公安委員会はある。

その最上階の廊下を颯爽《さっそう》と闊歩《かっぽ》するスーツ姿の美女が三人。

その前には手錠こそ掛けられていないが、明らかに連行されていると思《おぼ》しき一人の男。

「ほら、きびきび歩いて!」

叱責したのは、黒髪九等身のスーパーボディをダークブルーのスーツに包んだ麗人、佐倉里香だ。

両脇を固めるのは、ブラウンのセミロングをなびかせて風を切る佐倉渚と、短髪黒髪で凛とした表情を崩さない佐倉綾奈。

おそろいのスーツの襟には、ハニーゴールドに輝く天使のバッジがつけられている。

三人が進むと、すれ違うものすべてが道をあけ、敬礼をする。三人はそれに会釈もせずにヒールの音を響かせて進んでいく。

一番奥の部屋、「長官官房統括審議官室」の札が出ている部屋の前で、タイトスカートから伸びた三対の美脚が、ヒールの踵を鳴らして右向け右で方向をそろえた。

所属さえ名乗らずにドアを開けると、その先に木川田厳の笑顔が待っていた。

「三人とも、心配したよ～。里香ちゃんまで連絡なしだったからね」

ドアを閉じた瞬間、一気に空気が緩くなった。

「ごめんね、厳ちゃん」

「ちょっとウチら、沼にはまっちゃってさあ」

矢継ぎ早に綾奈と渚が説明する。

「おまけに里香ねえまで……」

「それもこれもぜ～んぶ、ご主……じゃなかった……この水瀬のせい……だったのであります！」

渚は取り繕うようにこめかみに手刀をあてて敬礼。はでな美貌とのギャップがたまらなくキュートだ。

「おお、あなたが水瀬さんですね。統括審議官の木川田です」

ナイスミドルは意外なことに浩に笑顔を見せた。

「あ、どうも……水瀬です……え？　僕、取り調べられるんじゃ？」

出頭する時点で覚悟は決めていた。罪に問われるのなら仕方ない。それは可愛い愛奴たちの仕事なのだ。顧客と従業員のリストだけは絶対に渡さない。その他はすべて明かそう。それが漢、水瀬浩の決意だった。

「もう、例のブツ『ハッピーアワー』について私たちが知っていることは全部木川田さんに報告済みです」

里香がさっきとは打って変わった温かい笑顔で話しかけた。

「タバコやお酒よりはるかに健康的で、中毒性がないことも私の検証結果を伝えてます」

化学の天才少女は胸を張った。

「まあ、最終的な検証は必要だろうが、綾奈ちゃんが言うのなら間違いないはず。だよね～？」

小首を傾《かし》げる動きが美少女とシンクロした。意外とおちゃめな人なのかもしれない。

「水瀬さん、我々官僚の最終的な目的は、この国、日本を幸せにすることです。いろいろ叩かれることもありますが、その軸はぶれない」

「そうですよね」

「人々を不幸にするドラッグなど、氾濫を許してはならない！　そうですよね」

「な、なるほど」

（やっぱり取り調べだぁ～）

「は、はい。そのとおりです、であります……」

「はじめはあなたもその仲間かと思っていました。だが、彼女たちの報告ではどうも、事情が違うらしい。本当ですか？　今日はそれについて、あなたの思いを、真実をお聞きしたいのです」

「だから、安心して木川田さんに『ハッピーアワー』について、ご主……じゃなかった、水瀬さん自身の言葉でプレゼンしてください」

里香までもが言い間違えそうになる。それほどに支配と服従の関係は深い。

「きっと理解が得られるはずです」

木川田に見えないように里香がウインクを送ってきた。

渚と綾奈もこぶしを握ってエールを送る。

（がんばって！　ご主人様）

愛奴たちの応援を無駄にしたのではご主人様がすたる。

「わかりました。では簡潔にポイントから」

度胸さえ据われば、もともと天才化学者であり気鋭の経営者なのだ。プレゼンなんて、へのかっぱだ。

ロジカルに、されど熱く語ること二十分。

「以上です。何かご質問は」

「ない、完璧だ。ただし一つお願いがある」

「お願い？」

「これを合法化し、大量生産、薄利多売、そして輸出するところまで、政府に手伝わせていただけないだろうか？　国家プロジェクトにしたい」

「え、えええええっ⁉」

これにはさすがに里香以外の全員が仰天した。

「でも、現時点では違法なわけですし、木川田さんはエリートかもしれませんが、さすがに国家プロジェクトまでは……」

「大丈夫だ。政府中枢につてがある」

「つてって？」

「恋人よ。木川田さんの」

「あ、里香ちゃん、それは秘密に……」

「いいじゃん、だって私はそいつのせいで厳ちゃんに振られたんだから」

「え？　でも、そこまでの影響力がある女性政治家っていましたっけ？」

「あら、女性とは限らないわ。多様性の時代よ。厳ちゃん、白状しちゃえば？」

里香が詰め寄ると、木川田は乙女のように真っ赤になりながら、ある要人の名を告げた。

「昔、彼の警護をしているときに……その……いろいろあって……まあ、そういう関係に」

「え、えええええっ!?　えええええっ!?」

浩、渚、綾奈、それぞれの中でそれぞれのムンクが絶叫していた。

外交から財政、通信、福祉まで、信じられない業績を上げてきたスーパービッグネームだ。

(政治って、訳がわからない)

しかし、事実はすべてに優先するのだ。

「わかりました！　ぜひお願いします！」

がっちりと交わされる握手。

「ありがとうございます。もちろん水瀬化学商事の利益は当然確保して進めますので」

「いや、世界のひとの役に立てるのなら、金勘定なんて……」

唐突にわき腹を里香に突かれた。

（オ・カ・ネ・ダ・イ・ジ！）

クチパクで告げてくる表情は珍しく険しかった。

お金と調教についてだけは、天使たちはどこまでも強欲だった。

数年後、合法嗜好品として認められた「ハッピーアワー」は、心病む人たちを救うばかりか、日本の基幹産業のひとつとして輸出され、世界の人々と日本経済までも救うことになるのだが、それはまた別の「オ・ハ・ナ・シ」。

美人三姉妹《びじんさんしまい》 恥辱の潜入捜査《ちじょくのせんにゅうそうさ》

二〇二三年 四月 十日 初版発行

著者◉阿久津 蛍【あくつ・けい】

発行◉マドンナ社
発売◉二見書房
東京都千代田区神田三崎町二‐一八‐一一
電話 〇三‐三五一五‐二三一一（代表）
郵便振替 〇〇一七〇‐四‐二六三九

印刷◉株式会社堀内印刷所 製本◉株式会社村上製本所 落丁・乱丁本はお取替えいたします。定価は、カバーに表示してあります。

ISBN978-4-576-23028-3 ◉Printed in Japan ◉©K.akutsu 2023